KB077660

51번 사진
Photograph 51

51번 사진
Photograph 51

Anna Ziegler 지음
이시연 옮김

등 장 인 물

로절린드 프랭클린	과학자, 30대
모리스 윌킨스	과학자, 30~40대
레이 고슬링	과학자, 20대
돈 캐스퍼	과학자, 20~30대
제임스 왓슨	과학자, 20대 초반
프랜시스 크릭	과학자, 30~40대

배 경

여기저기 다양. 무대가 단순할수록 연기가 더 원활하게 진행될 수 있다.

작가 노트

이 극은 1951년에서 1953년 사이 영국에서 있었던 DNA 이중나선 구조 연구 경쟁의 실화에 기초를 두고 있긴 하지만 허구의 작품이다. 극의 목적을 위해 일부 사건 순서, 사실과 사건을 변경하고 인물들을 재창조했다.

/ 표시는 대사가 겹치는 부분을 뜻한다.

이 극은 막간 없이 죽 이어서 공연해야 한다.

어떤 일들은 시간의 바깥에 존재한다. 그 일은 십 년 전이면서 오늘 아침 일이다. … 과거에 일어났지만 언제나 일어나고 있었다. 하루의 매순간 일어나고 있었다. …

그는 자신이 뭔가 위대한 일을 목격하고 있는 것 같았다. 마치 DNA 모델에 마지막 손질을 하고 있는 왓슨과 크릭을 그 자리에서 직접 보고 있는 것 같았다. 아니 어쩌면 그 엄청난 엑스레이 사진 촬영을 하고 있는 로절린드 프랭클린을 보고 있었는지 모른다. 생명의 열쇠를 발견한 사람은 어쨌든 그녀가 아니었던가?

- 앤 패칫, 『런』 중에서

과학자라면 다 잘 알듯이 성격은 언제나 연구의 스타일과 뗄 수 없는 일부이고 결과에 있어서도 감춰진 그러나 중대한 요소이다. 아닌 게 아니라 어떤 예술이나 대중 연예 분야보다도 철저하게 그 주역들의 개인적 재능, 기호, 습관에 좌우되는 것이 과학이다.

- 호러스 저드슨, 『천지창조 여덟 번째 날』 중에서

옮긴이 일러두기_어투에 관하여

높임말 사용 여부는 영어와 우리말의 큰 차이라 순전히 옮긴이의 몫이고 의외로 큰 어려움이다. 이 책에서는 영어의 특성을 반영하여, 등장인물들의 나이보다는 관계, 성격 그리고 영국인과 미국인의 어투 차이를 고려하여 상황별로 높임말투를 섞어 옮겼다. 주요 인물 4명은 모두 자부심이 강한 데다 경쟁관계의 과학자들이라 대체로 딱딱한 어휘와 말투를 택했고 자신을 '저'로 낮추지 않도록 했다. 특히 로절린드 프랭클린은 적대적 동료관계에 대한 경계심과 강한 자아를 담아내기 위해 조금 부자연스러울 정도로 격식 차린 말투로 옮겼다. 극 중에서 편지, 회상, 대사, 방백의 경계가 모호한 경우 대상이 다르면 우리말에서는 어투가 달라지므로 문맥에 따라 적절히 달리했다.

(조명이 켜지며 로절린드를 비춘다)

로절린드[1] 사실은 이랬습니다. 우린 보이지 않는 것을 보이게 만들었습니다. 원자를 볼 수 있었고, 그냥 보기만 하는 게 아니라—조작하고 이리저리 움직일 수 있었습니다. 아주 막강했죠. 장비들은 우리 몸의 연장인 것 같았습니다. 모든 걸 볼 수 있었습니다, 정말로 볼 수 있었어요—다만, 이따금, 바로 눈앞에 있는 것만 빼고요.

어렸을 때 난 도형을 그리곤 했습니다. 서로 겹쳐지는 도형들, 마치 끝없는 벤다이어그램처럼요. 부모님은 "로절

역주 1 지문에서 모든 인물을 성이 아닌 이름으로 표시한 2011년 초판과 달리, 2015년 개정판에서는 남성 인물들은 모두 성으로 바꾸고 프랭클린만 그대로 이름으로 표시하고 있다. 이 문제는 이 극에서 '호명'의 중요성과 관련하여 「해설」에서 다시 논하기로 한다.

린드, 사람을 그리는 게 좋지 않겠니? 우리 가족을 그리고 싶지 않아? 우리 강아지는 어때?"라고 말씀하셨습니다. 난 그러지 않았어요. 아주 작은 반복적인 형태의 패턴들을 그렸습니다. 마음속에 아주 작은 반복적 형태의 패턴들이 있었으니까요.

윌킨스　1951년 1월. 런던은 유난히 추운 겨울이었습니다.

로절린드　그리고 처음으로 아버지 카메라를 사용하게 됐을 때, 밖으로 나가서 나뭇잎 네 개를 집었습니다. 그걸 조심스럽게 배열했습니다, 길 위에다가요. 하지만 내가 찍은 사진은 그 나뭇잎들이 아니었습니다. 그 어느 것도 늘 한가지로 똑같진 않아요. 그건 이 세상이었어요, 강과 산맥이 끝없이 이어지는 지도요. 그리고 아버지에게 과학자가 되고 싶다고 말했더니, "아, 그래"라고 하셨습니다. … 그리고 이러셨죠, "안 돼."

윌킨스　그리고 같은 시기, 파리에서는–

왓슨　또 시작입니까, 윌킨스. 정말로요?

윌킨스　파리에서는, 로절린드 프랭클린이 작별 인사를 하고 있었습니다.

왓슨　그래봐야 결말은 똑같을 겁니다.

윌킨스　*(무시하며)* 파리의 국립중앙연구소에서는 그녀를 위한 파티가 있었습니다.[2] 파티는 밤늦도록 계속됐고, 모두들 술 마시고 이런저런 얘기 나누며 그녀에게 떠나지 말라고 했습니다.

크릭 *(관객을 향해)* 하지만 그녀는 런던 킹즈 칼리지에 특별연구원직을 얻은 참이었고 킹즈 칼리지의 연구원직을 거절할 사람은 아무도 없었습니다[3] – 더구나 유전학 분야에서 일할 기회가 생긴 것이었으니까요 –

(캐스퍼 입장)

캐스퍼 그 분야는 가능성이 … 맞아요, 가능성이 무한한 분야였습니다. 개인으로서도 학자로서도 성취가 손에 잡힐 듯 보장된 분야였습니다.

윌킨스 *(캐스퍼에게, 날카롭게)* 자네가 여긴 웬일인가?

고즐링 그녀는 필요한 장비들을 요청하는 편지를, 음 … 공손한 편지를 보냈습니다.

로절린드 *(편지를 쓴다, 차갑고 의례적이다)* 우선, 엑스레이 튜브가 필요합니다. 그리고 내부 온도를 정밀하게 제어할 수 있도록 특수 제작한 카메라가 필요합니다. 그렇지 않으면 용액이 엑스레이 노출 중에 변질이 되고, 그러면 그냥 못 쓰게 된다는 사실을 윌킨스 박사님도 나만큼이나 잘 아실 것입

역주 2 프랭클린은 1947년부터 1950년까지 프랑스 국립화학중앙연구소(Laboratoire Central des Services Chimiques de l'État)에서 연구원으로 일하며 다공성 석탄 구조에 관한 엑스선 회절 연구로 두각을 나타냈다.

3 1829년 조지4세에 의해 설립된 대학. 프랭클린은 1951년 1월부터 2년 동안 런던 중심부 스트랜드(Strand)에 위치한 이 대학에서 특별연구원으로 일했다.

니다. 끝으로, 가능만 하다면, 언제 이것을 주문하실지 알았으면 합니다, 그래야 필요할 경우 몇 가지 소소한 수정을 요청할 수 있을 것입니다. 로절린드 프랭클린 박사 드림.

윌킨스 프랭클린 양에게. 아주 … 친절한 편지 감사합니다. 하지만 미리 일러둡니다 — 우리 킹즈 칼리지의 연구는 매우 진지합니다. 사실, 워낙 진지하고 이른바 "최첨단" 연구에 몰두하고 있어서, 당신의 연구를 완전히 새로운 분야로 바꾸려고 합니다.

(윌킨스와 로절린드가 킹즈 칼리지에 함께 있다)

로절린드 뭐라고 하셨죠?

윌킨스 네, 단백질 말고 핵산의 구조를 판독하는 일을 하게 될 거라고요.

로절린드 그런가요?

윌킨스 네, 최근에 내가 찍은 DNA 엑스레이 사진이 아주 기가 막히게 잘 나왔는데, 명백하게 결정 형태를 띠는 걸로 나타났습니다. 따라서 이제 킹즈에선 이 연구를 밀고 나가야 한다는 게 분명해졌습니다, 엑스선 결정학을 이용해서 밝혀야 하는데, 당신이 전문가라고 —

로절린드 맞습니다. 감사합니다.

윌킨스 *(잠시 주춤하며)* … 네. 거기에 토를 달 사람은 없습니다. *(신호음)* 아무튼, 염색체 내 요산과 피리미딘 염기의 숫자가 쌍으로 나오는 이유가 뭔지를 밝히는 연구를 밀고 나가야 합니다. 그럼 그다음엔 복제가 어떻게 이루어지는지 밝힐 겁니다. 그럼 그다음엔 또 –

로절린드 무슨 말인지 압니다.

윌킨스 네, 네 그렇겠죠. 그러면 본론으로 바로 들어가겠습니다. 당신은 스위스에서 온 지그너 DNA에 관한 내 연구를 보조하게 될 겁니다.[4] 모두가 그걸 원했는데 어떻게 했는지 랜들이 그걸 입수했습니다.[5] 대단한 친구죠. 어떻게 했는지는 모릅니다 …

로절린드 *(싸늘하게)* 내가 뭘 잘못 들은 것 같습니다.

윌킨스 아니요! 지그너 샘플을 우리가 가지고 있다고요. 정말, 일대 사건이죠. 생각해보십시오.

로절린드 그게 아니라, ***내가, 박사를*** 보조할 거라고 했나요?

윌킨스 네! … 그리고 내 박사과정 학생, 레이 고즐링이 당신을 보조할 겁니다.

고즐링 *(손을 내밀지만 로절린드는 무시한다)* 안녕하세요!

로절린드 하지만 … 랜들 박사는 내가 연구를 지휘할 거라고 하셨습

역주 4 스위스 베른 대학교의 유기화학 교수 루돌프 지그너(Rudolph Signer, 1903-1990)는 1950년 송아지 흉선에서 고순도 DNA 샘플을 추출하는 데 성공했고 이를 윌킨스가 입수했다.

5 존 랜들(John Turton Randall, 1905-1984)은 킹즈 칼리지의 물리학과장을 역임하고 새로 생긴 생물물리학 연구팀의 책임을 맡았다. 킹즈 칼리지 연구팀은 영국 의학연구심의회의 지원과 지휘하에 DNA 연구를 주도했다.

니다. 여기서 내 자신의 연구를 책임질 거라고요. 분명히, 뭔가 오해가 있었던 것 같습니다.

윌킨스 아니요, 오해한 것 없습니다. 상황이 바뀌었습니다. 그게… 이제 우리 생각엔 *이* 구조를 발견한다면–이 구조는–세상이 이어지는 원리를 발견하는 겁니다, 프랭클린 양. 사람들이 말하는 그 "생명의 비밀"을 말입니다. 상상이 됩니까?

로절린드 윌킨스 박사, 나는 누구에게도 보조연구원은 하지 않습니다.

(신호음)

윌킨스 무슨 말입니까?

로절린드 다른 사람이 *내* 데이터, *내* 연구를 분석하는 건 싫습니다. 난 혼자 일할 때 제일 잘합니다. 무슨 이유인지 모르지만, 다른 상황에 억지로 투입된다면, 거짓 조건을 보고 여기 온 것으로 생각할 수밖에 없습니다.

윌킨스 그렇군요… *(잠시 생각하다가)* 그럼 우리가 같이 할 연구를 일종의 공동 연구라고 생각할 수도 있겠지요. 당연히 그건 괜찮겠지요?

로절린드 내가 괜찮고 안 괜찮고가 문제가 아닌 것 같군요, 그렇지 않나요?

(퇴장)

고즐링 음, 그 일은 그렇게 넘어갔습니다.

왓슨 거 보라고. 그 여잔 윌킨스의 ***보조연구원***으로 오기로 돼 있었는데, 문제가 거기 있었다니까. 조건을 잘못 알았던 거지. 그러니 그다음부터 벌어진 일은 필연적이었어. 바로 그 자리에서 경쟁에 진 거야. 단 한순간에.

윌킨스 아니 – 필연적인 것 아무것도 없네.

캐스퍼 보조연구원직인 줄 알았더라면 그녀는 결코 파리를 떠나지 않았을 겁니다. 그 점에 대해 나한테 분명히 밝혔어요.

크릭 글쎄, 우리가 들은 것과는 다르군.

캐스퍼 듣고 싶은 대로 들었겠지요. 인간의 타고난 재능 중 하나니까요.

윌킨스 자네까지 꼭 여기 있어야만 하겠나?

고슬링 어쨌든! 우리는 연구를 시작했습니다. 1월 런던은 음산했습니다. 연구실은 … 글쎄요, 뭐랄까, 스트랜드의 축축한 지하층에 있었습니다.[6] 그거 하나는 확실했습니다.

(로절린드, 윌킨스, 고슬링이 실험실에서 각자 떨어져서 연구 중이다)

로절린드 이렇게 암울한 곳이 또 있을까요? ***공동연구자***로서, 좀 더 쾌적한 연구 환경을 찾아달라고 요청하고 싶습니다.

윌킨스 파리의 연구실들은 환경이 좋은가 봅니다?

로절린드 비교가 안 되죠.

역주 6 스트랜드(Strand)는 런던의 트라팔가 광장에서 동쪽으로 뻗은 도로로, 킹즈 칼리지는 이 도로의 남쪽 면에 있다.

윌킨스 알다시피, 조국 영국이 우리를 가장 필요로 할 때 모두가 떠났던 건 아니지요.

로절린드 훌륭하시군요, 윌킨스 박사, 애국심 말이에요. 하지만 난, 영국에서 배급 식량이나 먹고, 폭격으로 누군가의 보금자리가 날아가버린 빈자리에 주차를 하고 그렇게 지내는 것보다,[7] 프랑스에서 석탄 분자를 연구한 게 전후 영국 사회에 훨씬 더 많은 기여를 했다고 단언합니다.

윌킨스 그냥 농담한 겁니다 – 정말이에요.

고슬링 *(분위기를 가볍게 하려 애쓰며)* 맞아요 – 원래 농담 잘 하세요.

로절린드 그리고 당신은 전쟁 중 ***캘리포니아***에서 맨해튼 프로젝트에 참가했던 바로 그 윌킨스 아닌가요?

윌킨스 *(자랑스럽게)* 맞습니다, 몇 개월간요.

로절린드 영국 출신 여성 과학자 단 한 명도 전쟁 동안 연구직 제안을 받은 적이 없다는 사실도 잘 알겠군요?

윌킨스 그랬던가요.

로절린드 난 핵무기를 지지하지 않는다는 점도 알려드립니다.

윌킨스 그렇다면 아무도 당신더러 연구에 참여해달라고 요청하지 않은 게 다행이군요.

로절린드 뭐라고요?

역주 7 프랭클린이 킹즈 칼리지에서 연구하던 당시 대학의 안마당에는 전쟁 중 독일군의 폭격으로 생긴 거대한 구덩이가 그대로 남아 있었다.

윌킨스 *(농담으로 넘기려 하며)* 어쨌든, 당신네들은 한 번도 그 일을 지지하지 않는 것 같습니다.

로절린드 무슨 말을 하려는 건지 잘 모르겠군요.

고즐링 아니, 저 –

윌킨스 내 말은 – 아이러니라는 겁니다 …

로절린드 무슨 아이러니요?

윌킨스 *(아무렇지도 않게)* 그냥 … 사람들이 그렇게 연구를 열심히 했는데 … 그 … 유태인들을 … 구할 방법을 찾으려고 말이요, 그런데 돌아오는 말이라곤 지지하지 않는다니. 그건 좀 …

로절린드 요즘은 유태인들이 좀 더 감사한 마음가짐을 가져야 한다는 말씀 전적으로 옳습니다.

윌킨스 좋소, 로지.

로절린드 내 이름은 로절린드입니다. 하지만 프랭클린 양이라고 부르든지요. 모두들 그러니까요.

윌킨스 알겠습니다.

로절린드 물론 난 프랭클린 박사가 더 좋지만 여기선 그렇게들 안 부르나 봅니다, 그렇죠, 윌킨스 씨?

윌킨스 윌킨스 박사요.

로절린드 윌킨스 박사, 농담하는 거 아닙니다. 난 내 연구에 진지하고 당신도 그러리라 믿습니다.

윌킨스 물론 그렇습니다.

(긴 신호음)

고즐링　어떠세요 – 벌써 두 시가 다 됐습니다.

윌킨스　계속 시간을 말해줄 필요는 없네, 고즐링. 저기 시계 있는 거 아주 잘 보이니까 –

고즐링　그게 아니라 … 제가 하려던 말은, 아니, 알려드리려던 것은, 점심때가 됐다는 거였는데요?

로절린드　흥미로운 대화에 시간 가는 줄 몰랐습니다, 그렇죠, 윌킨스 박사?

윌킨스　그랬군요.

로절린드　자 어디로 갈까요? 사실은, 허기가 지네요.

(윌킨스가 점심을 먹으러 나가려 한다)

윌킨스 박사?

윌킨스　*(돌아서며)* 네?

(그녀 표정을 보고)

아, 점심 같이 하고 싶지만 …

로절린드　싶지만, 뭐요?

윌킨스　*(사무적으로)* 난 선임급 교수식당에서 식사합니다.

로절린드　그럼 그리로 같이 가죠.

윌킨스　그게 문제요.

로절린드　***뭐가 문제죠?***

윌킨스　거긴 남성 전용이요.

로절린드　그렇군요.

윌킨스　그렇습니다.

(신호음)

로절린드　그럼 가십시오.

윌킨스　괜찮다면요.

로절린드　물론이요.

윌킨스　좋습니다, 그럼.

고즐링　*(관객을 향해)* 그다음 한 시간은 … 글쎄요, 썩 즐겁다고 생각할 만한 그런 시간은 아니었습니다.

로절린드　말도 안 돼, 안 그래요? 너무 구식이야!

고즐링　뭐가요?

로절린드　뭐긴 뭐예요, 선임급 교수식당 어쩌구 하는 거 말이죠.

고즐링　그러네요. 하지만 … 걱정하실 것 없습니다.

로절린드　걱정하고 말고는 내가 정해요, 고즐링 씨!

고즐링　어차피 생물물리학자들이 식사 때 대단한 대화 나누는 것도 아닌데요. 그냥 연구 얘기나 하죠. 잠시도 쉬지를 않으니까요.

로절린드　바로 그런 대화가 내가 필요로 하는 대화예요. 과학자들은 점심 먹다가 발견을 한다고요.

고즐링　그렇게 말씀하신다면.

로절린드　뭐 좀 물어봐도 되나요?

고즐링　그럼요.

로절린드　어떤 사람이죠 – 윌킨스요. 벌써 몇 년째 그 밑에서 일하고 있잖아요, 그렇죠?

고즐링　지금은 저를 박사님께 넘겼죠. 컨베이어 벨트가 척척 움직인 겁니다. 하지만 박사과정 학생들은 일하기 편한 상댑니다. 우린 액체 같아요－어느 그릇에 부어 담느냐에 따라 그 모양대로 가니까요.

로절린드　무슨 뜻이죠?

고즐링　걱정하실 게 하나도 없다는 뜻입니다. 저는 박사님께 충성할 테니까요. 이제 제 지도교수시잖아요.

로절린드　*(놀라며)* 글쎄, 그런가요. 그렇겠네요.

고즐링　윌킨스 박사 괜찮습니다. 솔직히 좀 딱딱하긴 하죠, 하지만 두 분 분명히 잘 지내실 겁니다. 그 정도면 같이 일하기 편한 분이에요. 그리고 열심이고요. 알다시피, 집에 가봐야 부인도 없고, 아이도 없으니까요. 연구밖에 몰라요.

로절린드　나도 그래요.

고즐링　프랭클린 씨가 그 말 들으면 뭐라 하실까요?

로절린드　*(의미심장하게)* 프랭클린 씨는 없습니다. 물론, 우리 아버지 얘기하는 게 아니라면요.

(신호음)

고즐링　아니, 그건 아니고. 죄송합니다. 실례를 범할 뜻은 정말 없었습니다. 그런 게 아니고－

(윌킨스가 들어오며 고즐링의 말이 끊긴다)

로절린드　점심은 어땠습니까, 윌킨스 박사?

윌킨스　좋았어요. 감사합니다.

로절린드 내가 온 첫날이라고 함께 식사할 수 있는 곳으로 가려고 정해진 일과를 깨지 않아서 참 다행입니다.

윌킨스 프랭클린 양 … 분명히 해둘 게 있습니다. 난 당신이 여기 오기를 매우 고대하고 있었습니다.

고즐링 정말 그러셨어요.

윌킨스 됐네, 고즐링.

고즐링 하지만 계속 그 얘기만 하셨잖아요 – 이 분 화학하고 박사님 이론이 만나면 완벽한 한 쌍이 될 –

로절린드 내 화학하고 당신 이론이요? 나한텐 이론이 없다는 뜻인가요, 윌킨스 박사?

윌킨스 물론 아닙니다.

로절린드 아니어야죠.

고즐링 그냥 생화학 연구에 필요한 온갖 허드렛일들을 이젠 안 해도 되겠다는 꿈에 부풀어 계셔서 –

윌킨스 고즐링!

로절린드 허드렛일이요?

윌킨스 아니요! 내가 하고 싶었던 말은, 어쩌다 일이 이렇게 돼서 … 시작이 꼬인 게 유감이란 겁니다. 다시 시작했으면 합니다.

(신호음)

로절린드 좋습니다.

윌킨스 좋죠?

(윌킨스가 손을 내밀자 그녀는 마지못해 잡는다)

로절린드　로절린드 프랭클린 박사입니다. 만나서 반갑습니다.

윌킨스　나도 만나서 반갑습니다.

로절린드　말씀 많이 들었습니다.

윌킨스　나도 많이 들었습니다.

고즐링　안녕하세요－레이 고즐링입니다. 박사과정 지도학생입니다.

윌킨스　필요 없네, 고즐링.

로절린드　그래요, 고즐링, ***우린*** 이미 인사했으니까요.

윌킨스　프랭클린 양, 이곳 킹즈에서 가장 기대하는 게 뭔지 물어봐도 되겠습니까?

로절린드　윌킨스 박사, 내가 기대하는 건, 이런 불필요한 시간낭비 없이 바로 DNA 결정 사진 촬영을 시작할 수 있었으면 하는 것입니다. 그 일을 하려고 여기 온 건 아니었지만, 박사 말마따나 생명의 비밀을 발견하고 싶다면 여기 있는 카메라들 중에서 골라 지그너 샘플로 촬영을 하겠습니다. 당신은 남은 것 사용하면 되고, 나한테 소개부터 다시 하고 싶으면 아무 때나 원하는 때 와서 하세요.

(로절린드 퇴장)

윌킨스　그렇군요.

캐스퍼　정말 그렇게 된 거였어요? 당신이 정말로 그 정도로 …

윌킨스　난 아무 짓도 안 했네. 완벽하게 예의를 지켰다고 …

(고즐링을 향해)

아마 약간 딱딱했는지는 모르지만, 그것 빼곤 …

고즐링　오 방금 저 "약간" 들으셨습니까?

윌킨스　*(짜증스럽게)* 그래, 그 "약간" 나도 들었네.

크릭　글쎄, ***내 생각엔*** 자네는 전혀 … 전혀 … 글쎄, 미안한 말이지만, 좀 딱딱하긴 하지.

윌킨스　*(비꼬며)* 고맙군.

(로절린드 입장)

로절린드　안녕하세요, 윌킨스 박사.

윌킨스　안녕하세요, 프랭클린 양.

로절린드　주말 잘 보냈습니까?

윌킨스　네, 잘 보냈습니다.

(신호음)

당신은요?

로절린드　잘 보냈습니다.

윌킨스　뭐 재미있는 일 있었나요?

로절린드　어제 피닉스 극장에서 하는『겨울 이야기』낮 공연을 보러 갔습니다.[8] 피터 브룩스 연출이요.

윌킨스　재밌군요.

역주 8　피닉스 극장(Phoenix Theatre)은 1930년에 개관한 웨스트 엔드의 극장으로 킹즈 칼리지에서 가깝다. 셰익스피어의 후기작 중 하나인『겨울 이야기(*The Winter's Tale*)』는 시칠리아의 왕 리언티즈가 임신 중인 왕비 허마이어니의 정절을 의심하여 감옥에 가두면서 벌어지는 드라마이다.

로절린드 재밌다니요?

윌킨스 나도 바로 그 공연에 갈 뻔했습니다. 근처에 걸어가다, 피닉스 극장을 지나게 돼서 거의 들어갈 뻔했죠.

로절린드 매진이었나요?

윌킨스 아니요. 매표소까지도 안 갔습니다.

로절린드 그럼 뭐가 우연이란 건가요?

윌킨스 그냥 … 거의 만날 뻔했다는 겁니다.

(신호음)

재미있었나요?

로절린드 오 네. 아주요.

윌킨스 알다시피, 『겨울 이야기』하고 원작인 『판도스토』의 큰 차이는 셰익스피어 극에서는 여주인공이 살아남는다는 거죠.[9]

로절린드 존 길구드가 리언티즈 역을 했어요. 정말 잘하더군요. 아주 리얼하게. 아주 잘했어요. 허마이어니가 죽었을 땐, 그 사람 잘못이었는데도 그가 불쌍하게 느껴졌어요. 정말로요.

윌킨스 허마이어니 역은 누가 했나요?

로절린드 기억 안 나요. 돋보이질 않았나 보죠, 아마.

윌킨스 내가 제일 좋아하는 부분은 안티고너스의 꿈 장면입니다.[10]

역주 9 로버트 그린(Robert Greene)이 1588년 발표한 산문 소설 『판도스토(*Pandosto*)』는 『겨울 이야기』의 바탕이 된 것으로 알려져 있다. 『판도스토』 역시 14세기 말 『캔터베리 이야기』 중 일부에 바탕을 둔 작품으로, 다양한 출처로부터 이야기 소재를 빌려오는 것이 이 당시에는 자연스러운 일이었다.

로절린드 왜요?

윌킨스 왜냐면, 허마이어니가 그에게 딸 이름을 '잃어버린 아이'라는 뜻으로 퍼디타로 지어달라고 부탁하면서도, 그 아이를 구해달라고 부탁하고 있으니까요. 찾아달라고. 이름이 그 아이를 살리는 거죠.

(신호음)

자, 가여운 아가야

내가 듣고도 믿지 않았느니 –

로절린드 ***죽은 자들의 영혼이***

되살아나 걷는다는 말을.

윌킨스 그 대사 잘했습니까?

로절린드 네.

윌킨스 정말 마음을 빼앗는 대사죠, 안 그렇습니까? 연기를 잘 하면 말입니다. 나 자신을 잠시 잊게 만들어요. 후회 같은 것도.

(신호음)

로절린드 *(조용히, 수긍하며)* 네. 그럴 것 같네요.

윌킨스 *(평소 모습을 되찾으며)* 할아버지께서 아주 다수의 셰익스피어 연극을 암송하고 계셨습니다.

로절린드 우리 아버지도요!

역주 10 리언티즈의 명으로 허마이어니가 감옥에서 낳은 딸을 버리러 간 안티고너스가 3막 3장에서 하는 대사이다. 꿈에 허마이어니가 나타나 딸의 이름을 퍼디타로 지어달라고 부탁했다고 말한다.

윌킨스　정말요, 극 전체를요?

로절린드　네, 좋은 작품은요.

윌킨스　진짜 끝내주게 멋지죠. 나도 그랬으면 좋겠다고 늘 생각했습니다.

로절린드　그런데 왜 안 하는 거죠?

윌킨스　*(가볍게)* 모르겠습니다. 게을러서?

로절린드　*(바로 실망하며)* 게을러서?

윌킨스　게으르다는 게 뭔지 들어는 봤습니까?

로절린드　그런 거 믿지 않습니다.

윌킨스　*(그 말이 사실임을 깨닫고)* … 그래요. 그렇겠죠.

(신호음)

로절린드　그럼 난 갈 테니 일하십시오.

윌킨스　오늘 아침엔 뭘 할 겁니까?

로절린드　카메라 내부 습도 부족으로 파괴되지 않은 DNA가 있으면 그 영상을 촬영하려고 합니다.

윌킨스　음. 우리가 그 문제를 해결해야겠군요, 그렇죠?

로절린드　*(불쾌해하며)* 네. ***우리***가요.

(조명이 바뀐다)

캐스퍼　프랭클린 박사님께.

고슬링　돈 캐스퍼는 예일 대학교 생물물리학과 박사과정 학생이었습니다. 나하곤 다르게, 곧 박사 학위 받을 일만 남겨놓은 상황이었죠. 나도 뭐 한참 남은 건 아니었고요. 말하자면, 그래요 … 한참 남았던 거 맞습니다. 난 왜 그렇게 말도 안 되게 오래 걸렸는지 모르겠습니다. 우리 어머니는 왜 그랬는지 다 아신다는데, 그 얘길 하려는 건 아니고요.

캐스퍼 제 지도교수이신 사이먼 듀허스트 교수님 추천으로 박사님께 연락을 드립니다. 제 박사논문 최종 단계에서 석탄 분자의 화학적 구조를 다루려고 합니다. 지도교수님 말씀으로는, 박사님께서 그 주제에 관한 세계적 권위자시라고 들었습니다. 아마도 박사님께선 이론과 응용을 병행하시리라 보는데, 바로 그게 제가 하고자 하는 바입니다. 그래서 박사님의 석탄 연구자료 일부를 제게 보내주실 수 있다면 매우 기쁘겠 … 아니 … 감사하겠습니다. 엑스레이 사진과 출간 논문들이 가장 좋겠지요.

로절린드 캐스퍼 씨에게. 편지 잘 받았습니다. 출간 논문들은 출간된 것이고 따라서 나만큼이나 쉽게 직접 찾아볼 수 있을 겁니다. 하지만 엑스레이 사진을 보내주는 것은 가능할지도 모르겠습니다, 캐스퍼 씨가 그걸 판독할 줄 안다고 확실히 믿을 수 있다면 말입니다. 내 자료가 뉴 헤이븐 사방에 돌아다니며 잘못 판독되는 것은 피하고 싶군요.[11] 지도교수이신 듀허스트 박사가 인정해주신 내 평판을 유지하

역주 11 뉴 헤이븐은 예일 대학교가 있는 도시이다.

고 싶으니까요.

캐스퍼 프랭클린 박사님께. 판독하는 법을 안다고 말씀드렸으나 아직 사진을 우편으로 받지 못했습니다. 다시 보내주실 수 있을까요? 벌써 한 달이 넘었고, 제 논문의 해당 부분을 마무리하고 싶습니다.

(긴 신호음. 캐스퍼가 어색하게 헛기침을 할 수도 있다.)

프랭클린 박사님께. 또다시 편지 드리게 되어 정말 죄송하지만, 사진을 아직도 받지 못했습니다. 제가 너무 폐를 끼치는 것 같습니다. 부디 양해해주십시오. 박사님의 연구를 너무나 존경하는 저로서는 박사님께서 저를 나쁘게 생각하실까 생각하면 정말 괴롭습니다.

로절린드 *(대수롭지 않게)* 캐스퍼 씨에게. 지금쯤은 사진들 받았겠지요?

캐스퍼 프랭클린 박사님께. 드디어 사진을 받았습니다. 그리고 정말 너무나 감사드립니다. 그 사진들이 제 눈앞에 … 아니 박사님께서 제 눈앞에 신세계를 열어주셨 … 제 말씀은, 그런 건 한 번도 본 적이 없었습니다. 몇 시간씩 들여다보고 있어도 그 비밀을 미처 다 알 수가 없을 것 같습니다. 제가 판독을 못한다는 뜻은 아니고요. 판독할 수 있어요. 단지 그 사진들이 아름답다는 뜻입니다 – 형체 속에 또 다른 형체가 들어 있고, 형체들이 서로 겹치고, 언뜻 보기보다 더 많은 의미를 품고 있으면서 그저 그 자체로 또한 아름답죠. 정말로 아름다운 것들은 볼 때마다 뭔가 새로운 걸 발견하게 되는 것 같습니다.

(새로운 생각을 떠올린다)

로절린드　*(의례적으로)* 감사합니다, 캐스퍼 씨. 사진들 받았다니 다행입니다.

윌킨스　*(무시하며)* 정말로 아름다운 것들은 볼 때마다 뭔가 새로운 걸 발견하게 되는 것 같습니다?

캐스퍼　네, 그렇게 생각합니다. 그분도 그러셨습니다.

고슬링　*(관객을 향해)* 이따금 그녀는 실험실을 벗어나곤 했습니다. 어느 날 아침 제가 출근하니 아무도 없었는데－

윌킨스　*(무시당한 데 기분이 상해/화가 난 듯)* 아니, 나는 있었지.

고슬링　그때 전화가 울렸습니다.

로절린드　*(고슬링과 통화)* 지금 스위스에 있습니다. 스위스요.

고슬링　뭐라고요? 잘 안 들립니다.

로절린드　이번 주말에 하이킹 간다고 말했잖아요. 하루 더 있으려고 합니다.

고슬링　알겠습니다.

로절린드　내 말 들려요?

고슬링　그냥 이따금 사라지곤 했습니다. 어느 날은 보이다가 다음 날엔 사라지고－

윌킨스　떠돌이 유령 같이.

로절린드　여기 아름다워요, 고슬링. 산 정상 공기 냄새를 맡아봤어야 하는데. 정말이지—

고즐링　크게 말씀하세요. 잘 안 들—

로절린드　정말 오랜만에 머리가 맑아지는 느낌이고 생각이 아주 잘 돼요. 카메라를 고칠 방법도 알아낸 것 같아요. 그리고 알프스가 전보다 더 커 보이면서도 날 압도하는 느낌은 어쩐지 덜 해요, 마치 그 거대함이 나를 위한 것처럼요, 마치 올라갈 산이 더 많을수록 내가 더 멀리 갈 수 있을 것처럼요. 이제야 분명해지는 것 같아요. 이 산들은 언뜻 보기보다 더 많은 의미를 품고 있으면서 그저 그 자체로 또한 아름다워요 … 내 말은, 정말로 아름다운 것들은 볼 때마다 뭔가 새로운 걸 발견하게 되는 것 같다고요.

고즐링　프랭클린 양? 로절린드? 끊으셨어요?

왓슨　*(무시하며)* 끊었겠지, 당연히. 눈신 신고 하이킹하느라 바빴을 테니까 … 자연과 작은 숲속 동물들 … 뭐 그런 것들 감상하랴.

크릭　내 말은, 그 여잔 자기 뒤에 뭔가가, 자신보다 거대한 뭔가가 다가온 걸 못 느꼈나 …

왓슨　우리 말이야?

크릭　아니. 운명.

왓슨　그게 그거 아냐?

윌킨스　그리고 그녀가 돌아왔습니다.

로절린드　고즐링, 좀 더 왼쪽으로요. 왼쪽이요.

고즐링　왼쪽으로 옮기고 있습니다.

로절린드　좀 더, 좀 더 옮겨야 해요. 정렬이 제대로 안 됐어요.

(로절린드가 엑스레이 광선 안으로 들어선다)

고즐링　거기 가지 마세요, 프랭클린 양, 제발요!

로절린드　이런 망할!

고즐링　엑스선 안으로 그렇게 통과하면 안 됩니다.

로절린드　모든 걸 내가 다 해야 한다면, 계속 그럴 겁니다. 곧 더 좋은 사진이 안 나오면 난 그야말로 미쳐버릴 거라는 걸 모르겠어요? 그러니 어서 해치웁시다, 고즐링. 아주 간단해요.

고즐링　*(조용히)* 그건 아닌데.

로절린드　뭐라고요?

고즐링　도와드린다고 했습니다. 다만 제가 꺼리는 건 …

로절린드　뭐요, 고즐링? 뭘 꺼린다고요?

고즐링　*(관객을 향해)* "위험을 자초하는 일"이라고 말하려다가 하지 않았습니다. "저를 위험에 내놓는 일"이라고 말할 수도 있었고, 아직 확실히는 모르지만 엑스선이 내 살을 관통하는 게 느껴지는 것 같다고 말할 수도 있었겠죠. 하지만 대신 이렇게 말했습니다.

어제 사진들은 ***확실히*** 더 잘 나왔고, 여태껏 중 최고입니다− 보셨어요?

로절린드　당연히 봤죠.

고즐링　오늘 아침에 그 사진들 주변에 꽤 여럿이 모여서 감탄을 하고 있더군요, 박사님이 포착한 디테일에요.

로절린드　*(무관심한 척하며)* 그랬나요?

고즐링　네 완전히요. 넋이 나갔더라고요.

(신호음)

진짜 아주 뿌듯합니다. 박사님도 그렇게 …

로절린드　하지만 그보다 훨씬 더 또렷해야 합니다, 고즐링 … 구조를 찾아낼 수 있으려면요.

고즐링　알고 있습니다.

로절린드　그러면 모든 것의 핵심에 이르게 되는 거죠, 레이.

고즐링　그래도 때때로 잠도 주무셔야 합니다. 그렇잖아요? 아니면 잠이 아예 필요 없으신 건가요?

로절린드　그러면 오늘 밤은 우리도 이만 끝냅시다.

고즐링　그러니까, ***저만*** 끝내란 말씀이죠?

로절린드　*(혼자 웃으며)* 사람들이 넋이 나갔더라 말이죠, 정말로?

고즐링　새로운 모이 주변으로 닭들이 꼬꼬댁대며 몰려드는 것 같았습니다.

로절린드　퇴근해요, 레이.

고즐링　한 가지만 약속하시면요.

로절린드　뭐요?

고즐링　*(자신 있게 하고 싶은 말을 다 하지 못한다)* … 너무 늦게까지 계시지 않는 거요. 너무 늦게까지 계시지 않겠다고 약속하시면요.

로절린드 알았어요.

고즐링 거짓말이시죠.

로절린드 네.

캐스퍼 *(고즐링에게)* 진짜 그렇게 했어?[12]

고즐링 항상.

캐스퍼 넌 말리지도 않았고 …

고즐링 말릴 수가 없었어 … 그게 마치, 프랑스 사람에게 서툰 프랑스어로 말을 거는데, 그 사람은 내가 자기한테 프랑스어로 말을 붙일 실력이 못 된다는 걸 보여주겠다는 듯이, 너 정도는 어디서든, 어떤 언어로든 꺾어버릴 수 있다는 듯이 영어로만 말하는 것 같은, 그런 느낌이었어.

캐스퍼 여러 언어를 하긴 했지.

고즐링 내 말은 그게 아니라—

캐스퍼 알아.

윌킨스 *(대화를 끊으며)* 그러고 나서 1951년 봄 나폴리 학회가 있었습니다. 아주 전형적인 학회였습니다. 모두들 다른 사람들 연구에 지극히 관심이 있는 척했습니다. 내 발표는 마지막 날이었고 발표장은 거의 비어 있었습니다. 슬라이드 몇 장을 보여주면서, 왜 단백질보다 핵산이 연구할 가치가 있다고 생각하는지 설명하고는, 짐을 챙겼습니다.

역주 12 프랭클린이 엑스선에 자신을 노출시키곤 한 위험한 행동을 가리킨다.

막 나가려는데 머리모양이 아주 매우 희한한 한 청년이 길을 막아섰습니다.

왓슨 왓슨 박사라고 합니다.

윌킨스 안녕하십니까, 왓슨. 무슨 일이죠?

왓슨 왓슨 박사입니다, 뭐 그건 됐고 … 요는, 발표가 매우 흥미로웠습니다.

윌킨스 다행이군요, 고맙습니다.

왓슨 유전자가 핵심이라는 생각이 듭니다 – 그 어느 때보다 더요. 내 말은, 그걸 끝까지 파헤쳐봐야 한다는 겁니다 – 그게 어떻게 복제를 하는지 찾아내야만 합니다. 그러려면 구조를 알 필요가 있습니다. 박사님 슬라이드를 보니 그걸 알 수 있겠다, 알아내야겠다는 확신이 듭니다. 그 형체가 충분히 규칙성이 있어서 알아낼 수 있을 겁니다.

윌킨스 네. 그럴 거라 생각합니다.

왓슨 몹시 흥분되는군요.

윌킨스 뭐가요?

왓슨 딱 제 때 태어난 게요. 어딘가 운명 같은 게 느껴집니다, 그렇지 않나요? 운명을 믿지는 않지만요.

윌킨스 이름이 뭐라고 했죠?

왓슨 *(매우 당당하고 건방지게)* 왓슨입니다. 박사님과 핵산 연구를 같이 할 수 있을까요? 킹즈 칼리지에서요. 주제넘게 굴려는 건 아니지만 …

윌킨스 그게 좀 … 주제넘군요. 우리가 만난 적이나 있었던가요?

왓슨 나이 22세. 박사 학위 있고. 인디애나 대학교에서 학위했고. 현재는 코펜하겐에서 바이러스 증식 생화학을 연구 중입니다.

윌킨스 그래서요?

왓슨 내 말은, 박사님 연구실에서 촬영한 사진들이 기가 막힌다는 겁니다. 결정학을 배우고 싶습니다.

윌킨스 우리가 무슨 대화를 하고 있는지 도무지 잘 모르겠습니다.

(신호음. 왓슨이 전략을 바꾼다.)

왓슨 *(사무적으로)* 내가 다섯 살 때 아버지가 종교는 진보의 적이라고 말씀하셨습니다, 부자들이 가난한 자들의 삶에 의미를 부여하는 데 써먹는 도구라고요.

윌킨스 다섯 살짜리한테 하기에는 꽤 과격한 주장이군요.

왓슨 ***최악의*** 나쁜 점은 종교가 모든 문제를 해결해버려서 호기심을 말살하는 것이라고도 하셨습니다. 그래서 우리 집엔 하느님이 없었습니다. 그 말은 인생에 대해 내 나름대로의 지침을 찾아내야만 했다는 뜻이죠.

윌킨스 *(무슨 말인지 의아해하며)* 그래서요 …

왓슨 나는 새에서 그걸 찾았습니다.

윌킨스 *(무시하며)* 새요?

왓슨 아버지가 나를 데리고 들새 관찰을 가곤 했습니다. 얼마 안가서 아주 사소한 디테일만으로도 새들을 구분하는 법을 터득했습니다. 수컷이 어떻게 암컷을 꾀는지도 알게 됐어요, 아주 공들여 노래를 부르는 겁니다. 어떤 때는 암컷이 따라 불러서 듀엣이 됩니다. 어떤 때는 수컷 혼자만 암컷에게 부르고요.

월킨스　미안하지만, 정말로 무슨 말을 하자는 건지–

왓슨　*(약간 짜증스럽게)* 자연계가 비밀로 가득하다는 것을 알았습니다–그리고 나부터도 그렇고 누구든지, 비밀이 있다는 건 아는데 그게 뭔지를 모른다는 건 안될 말이죠. 그래서 내가 그걸 밝히기로 결심했습니다. 전부 다 알아내겠다고요. 그 비밀 말입니다, 모리스–모리스라고 불러도 되죠, 네?

월킨스　아니요–

왓슨　그리고 그중 최대의 비밀이 지금 드러나고 있는 거죠? 최대의 비밀? 유전자 말입니다, 물론. 오로지 그 생각뿐입니다. 그것밖에 안 보여요. 그리고 나도 끼고 싶습니다.

월킨스　그런가요, 그렇군요.

왓슨　경쟁에 끼어야만 하겠습니다, 월킨스.

월킨스　무슨 경쟁 말인가요, 왓슨?

왓슨　DNA 구조를 찾는 경쟁이죠, 당연히.

월킨스　경쟁 같은 거 없습니다.

왓슨　라이너스 폴링도 뛰어든 걸요, 칼텍에서요.[13]

월킨스　글쎄요, 그는 내가 가진 샘플이 없습니다. 아니면 사진들이 없든가.

왓슨 아니면 사진사가 없든가.

윌킨스 맞습니다.

(윌킨스가 가방을 닫고 걸어 나간다)

왓슨 저 사람 일생 최대의 실수였을까요?

(신호음, 그리고는 득의에 차서)

당연하죠.

윌킨스 사람들은 내 생각도 그럴 거라고들 추측합니다 – 그를 받아들여서 파트너가 되지 않은 게 ***실수였다고*** 말입니다. 결국, 어쩌면 그게 ***우리*** 두 사람이었을지도 … 어쩌면 나중에 ***내*** 이름이 … 사람들 입에 오르내렸을지도 … 술자리 상식 퀴즈 질문의 정답이 됐을지도 모르죠. 글쎄요. 지난 일은 지난 일입니다.

왓슨 그 대화가 있은 후, 나는 카벤디쉬 연구소의 로렌스 브랙을 찾아갔고, 그는 즉시 나를 받아들였습니다.[14] 가자마자 프랜시스 크릭이라는 이름의 과학자와 파트너가 됐습니다.

크릭 짐이라고 부르는 게 좋겠나, 아니면 제임스? 짐이 더 미국적으로 들리는군. 지미는 어떤가?

역주 13 캘리포니아 공과대학교(Caltech)에 재직하며 단백질 연구의 최고 권위자였던 라이너스 폴링(Linus Carl Pauling, 1901-1994)은 1952년 DNA 연구에 뛰어들었다.

14 카벤디쉬 연구소(Cavendish Laboratory)는 케임브리지 대학교의 물리학 연구소로, 왓슨과 크릭은 이곳에서 만나 연구를 함께 했다.

왓슨　　내 대답을 기다리면 계속 그렇게 묻지 않아도 될 텐데?

크릭　　좋은 생각이야.

고즐링　　*(관객을 향해)* 어려서 이미 과학자가 되고 싶다고 마음먹은 크릭은 자신이 어른이 됐을 땐 모든 것이 다 발견돼 있을까 봐 걱정이라고 어머니에게 말한 적이 있습니다. 어머니는 아닐 거라고 안심시켜주었습니다. 그리고 그 순간 이후 그는 한 가지 생각밖에 없었습니다… 그건 사실 대단한 거죠. 나는 평생에 5분 이상 무언가에 전념해본 적이 없으니까요. 그럴 때마다 꼭 주전자를 불에 올리거나, 형이 3년 전에 웨일즈에서 보낸 편지를 찾거나, 나한테 거의 말을 붙여줄 것 같았던 그때 그 여자가 댄스홀에 걸어 들어올 때 흐르던 노래가 뭐였는지 기억해내려 한다거나 그렇게 되거든요.

(조명이 바뀐다. 다시 실험실.)

로절린드　　안녕하세요, 윌킨스 박사.

윌킨스　　안녕하세요, 프랭클린 양.

로절린드　　학회는 어땠습니까?

윌킨스　　고즐링이 그러는데 여기서 밤늦게까지 일한다고요.

로절린드　　*(쌀쌀하게)* 그냥 내 일하는 겁니다, 윌킨스 박사. 그것뿐입니다.

윌킨스　　좀 볼 수 있을까요?

로절린드 뭘요?
윌킨스 일 한 거요.
로절린드 왜요?
윌킨스 공동연구자니까요, 아닌가요, 프랭클린 양?

(신호음)

아닌가요?

로절린드 네 맞습니다.
윌킨스 그럼 어디 봅시다.
로절린드 우선, 카메라를 고쳤습니다.
윌킨스 습도 문제는 더 이상 없다는 건가요?
로절린드 더 이상 없습니다.
윌킨스 어떻게 고쳤습니까?
로절린드 아주 간단했어요. 염용액을 썼습니다.
윌킨스 염 때문에 DNA가 퍼지지 않았나요?
로절린드 아니요. 안 그럴 거라고 분명히 말했고, 안 그랬습니다.
윌킨스 아, 정말 대단해요.
로절린드 격려하듯 할 필요는 없습니다.
윌킨스 그런 게 아닙니다. 진심으로 대단하다고요.
로절린드 아니 전혀요. 그럴 것 없습니다. 가장 단순한 화학 테크닉을 쓴 것뿐입니다.
윌킨스 뭘 했든 간에, 잘 됐다고요!
로절린드 왜 그래요, 윌킨스 박사? 얼굴이 붉어졌습니다.

윌킨스　사실 좀 열이 오르는군요.

로절린드　좀 앉는 게 좋겠습니다.

윌킨스　네.

(그녀를 쳐다보며, 앉는다. 긴 신호음.)

로절린드　*(쌀쌀하게, 어색하게)* 됐어요. 그 정도면 괜찮을 겁니다. 이제 돌아가서 일해도 될 겁니다.

(충격받은 듯 윌킨스가 일어서서 그녀를 쳐다본다. 조명이 바뀐다.)

윌킨스　저렇게 계속해서 내가 마치 무슨 무례라도 저지르고 있는 것 같은 느낌이 들게 만들면 도대체 우리가 무슨 일을 해낼 수 있지? 아니, 무례보다 더하지 – 모욕이라는 거야.

고즐링　그냥 적응하시는 중인 것 같습니다.

윌킨스　라이너스 폴링이 요즘 DNA 연구하는 것 알고 있었나, 고즐링?

고즐링　아니요.

윌킨스　말했지만, 우리도 정말로 성과를 내야 해.

고즐링　낼 겁니다.

윌킨스　난 친절을 다하고 있다고.

고즐링　*(진지하게)* 그럼 친절한 게 안 통하는 거겠죠.

윌킨스　여자들한테는 친절한 게 언제나 통한다네, 고즐링. 그런 것도 모르다니 딱하구먼.

(윌킨스가 초콜릿 상자를 들고 고즐링과 로절린드가 작업 중인 실험실로 들어선다. 그녀는 등을 지고 있다.)

고즐링 *(초콜릿을 보고)* 윌킨스 박사님, 이러지 않으셔도 되는데요.

윌킨스 오 – 아니 – 자네가 아니라 …

고즐링 누구 주시려는 건지 압니다.

로절린드 *(돌아보며)* 네, 윌킨스, 무슨 일이에요?

(초콜릿 상자를 발견한다)

그건 뭐죠?

윌킨스 얘기 좀 할 수 있나요?

로절린드 무슨 얘기요?

윌킨스 둘이서만.

로절린드 네, 그러죠. 단, 짧게요.

(고즐링에게 신호를 주는데 바로 알아채지 못한다)

고즐링 아, 알겠습니다.

(나간다. 신호음.)

로절린드 하시죠?

윌킨스 이거 받아요.

(상자를 건넨다)

로절린드 뭔가요?

윌킨스 초콜릿입니다. *(신호음)* 주려고 샀습니다.

로절린드 왜요?

윌킨스 왜라뇨?

로절린드　네, 왜요?

윌킨스　아. 우리 관계가 출발이 좋지 못했다는 생각이 들어서요. 제대로 못해서. 내가 바라는 건 … 내가 바랐던 건 …

로절린드　다시 시작하는 거 이미 한 번 하지 않았나요? 앞으로 몇 번이나 더 해야 하죠?

윌킨스　그냥 … 나는, 좀 더 편안한 관계를 … 맺었으면 합니다.

로절린드　하지만 관계 맺으러 여기 있는 게 아닌데요, 윌킨스 박사.

윌킨스　*(얼굴을 붉히며)* 그런 뜻의 관계가 아니라, 저 … 동료 관계를 말한 겁니다. 좀 더 편안한 파트너 관계요.

로절린드　부인이 차가웠나요?

윌킨스　뭐라고요?

로절린드　부인이 차가웠어요?

윌킨스　무슨 … 무슨 말을 하는 건지 … 모르겠습니다.

로절린드　아는 것 같은데요. 좌우간, 부인이 몇 명이었죠?

윌킨스　한 명이요.

로절린드　아들 태어난 후에 영국으로 함께 돌아오기를 거부한 그 미국인 부인 말이군요.

윌킨스　네.

로절린드　그래서 부인이 차가웠어요?

윌킨스　그랬을 수도 있겠죠.

로절린드　그리고 난 부인이 아니고요. 우린 부부가 아닙니다. 내 환심을 사려고 노력할 필요 없습니다. 사실, 어차피 성공도 못 할 테니 환심 사려고 노력하지 마십시오. 난 그런 사람 아닙니다.

윌킨스　난 그냥 다만 …

로절린드　뭐요?

윌킨스　친구가 되려고.

로절린드　친구 할 생각 없습니다, 윌킨스 박사.

윌킨스　없다고요?

로절린드　네.

(신호음)

윌킨스　알겠습니다. 초콜릿 맛있게 드십시오.

(퇴장. 조명이 바뀐다.)

캐스퍼　프랭클린 박사님께. 인사가 늦은 게 아니길 바라며, 보내주신 사진들이 얼마나 큰 도움이 되었는지 말씀드리고 싶었습니다. 연구는 잘 진행되고 있습니다. 실은, 믿기지 않을 만큼 잘 되고 있습니다. 오늘 아침엔 저를 괴롭히던 것들로부터 처음으로 ***벗어난*** 느낌이었습니다, 방향 감각이 없다는 생각이며, 어떻게 살아야 하나, 내가 옳은 결정을 한 건가 이런 끈질긴 의문으로부터요. 제가 옳은 결정을 했던 겁니다. 그냥 제가 좋아하는 … 제 말씀은, 엑스레이 카메라가 마치 내 눈의 연장인 것 같은, 오직 나 한사람만이 사물의 핵심을 들여다볼 수 있도록 해주는 초능력을 가진 것 같은 느낌을 받은 적 있으신가요? 다른 누구도 알 수 없는 비밀 같은 세계의 본질을 이해할 수 있는 초능력 말입니다 … 제가 그렇습니다. 그리고 박사님도 그러실 거라 생각합니다.

로절린드 *(매우 의례적으로)* 캐스퍼 씨에게. 편지 잘 받았습니다. 그리고 … 네. 캐스퍼 씨 생각과 … 일부 동의합니다. 나만 그런 게 아니라니 듣기 좋습니다.

고슬링 그리고 … 그러고 나서 윌킨스가 한 강연에서 "자신의" DNA 연구라고 참고문헌에 언급했습니다.

윌킨스 꼭 그렇게 말하지는 않았어.

고슬링 그는 ***자신이*** 발견한 모든 엑스레이 패턴이 명확하게 중앙에 X자 모양, 즉 나선형을 드러냈다고 발표했고, 큰 호응을 얻었습니다. 그건 보기 좋지 않았습니다 – 내 말은, 그 여파가요. 나선형 말고요. 나선형 구조는 … 아름다웠죠.

로절린드 *(격려해주듯)* 뿌듯함에 의기양양한가 보죠?

윌킨스 무슨 말입니까?

로절린드 ***당신이*** 발견한 엑스레이 패턴이라고요?

윌킨스 그냥 말이 그렇다는 겁니다. 연구팀에 누가 있는지, 팀이 있다는 것, 다들 아니까요.

로절린드 글쎄요, 어느 엑스레이 패턴을 본 건지는 모르겠지만, 내가 찍은 사진에서는 나선형이라는 게 명확하지 않습니다.

윌킨스 당신은 마치 그걸 안 보려고 하는 것 같습니다.

로절린드 *(차분하게)* 윌킨스 박사, 난 – 킹즈 칼리지에 오기 전에 – 엑스레이 회절은 내 소관이라고 들었습니다. 그 점을 고려할 때, 그리고 아무런 근거 없이 모든 업적을 독차지하려고 하는 것으로 볼 때, 당신은 광학과 현미경 연구로 돌아가는 게 나을 것 같고, 나로서는 확실히 그 편을 선호한다고 말씀드립니다. 아무도 신경 쓰지 않아서 당신이 독차지해도 뭐라 할 사람이 하나도 없는 분야니까요.

윌킨스 왜 이러는 겁니까?

로절린드 왜 그런 말을 하는지, 그것도 여러 사람 앞에서, 사실이 아닌 걸 사실이라고 말하는 이유를 도대체 모르겠습니다.

윌킨스 사실일 수도 있습니다!

로절린드 자기과시에 빠져서 학문적 정직성 따위 다 팽개쳤군요.

윌킨스 연구비 계속 받기를 원하죠, 아닌가요? 아닌가요?

로절린드 당신이 별로 대단하단 생각이 들지 않는다는 게 핵심입니다.

윌킨스 그래요?

로절린드 당신은 … 당신한테 … 존경심이 들지 않습니다.

윌킨스 그거군요.

로절린드 맞아요. 그거예요.

윌킨스 나한테 이런 식으로 말한 사람은 아무도 없었습니다. 이런 취급 받을 이유가 없습니다.

로절린드 나도 마찬가집니다!

(서로 반대 방향으로 멀어진다)

고즐링　저도요! … 아무도 알아주지 않았지만.

(조명이 바뀐다. 로절린드가 사진 두 장을 들여다보고 있다.)

로절린드　이것 좀 볼래요, 고즐링.

(고즐링이 들여다본다)

어때요? 내 말은, 어떠냐고요?

(고즐링이 좀 더 들여다본다)

네?

고즐링　이게 뭔가요?

로절린드　그냥 봐봐요, 레이! 나 참.

고즐링　두 개의 서로 다른 엑스레이 패턴이 보입니다.

로절린드　맞아요.

고즐링　하나가 좀 더 퍼져 있군요.

로절린드　맞아요!

고즐링　뭐가요?

로절린드　모르겠어요? 둘 다 DNA예요. 두 가지 형으로 돼 있어요.

캐스퍼　A형과 B형 DNA. 수분을 머금은 긴 쪽이 B형, 짧고 복제되는 쪽이 A형입니다.[15] … 그전까지는 한쪽이 다른 한쪽에

역주 15　프랭클린은 DNA 염기 사슬의 밖에 있는 인산이 수분을 흡수하면 섬유가 길고 가늘어지고 건조시키면 다시 원상태로 돌아간다는 획기적 발견을 했다. 지그너 샘플로 이 A형과 B형의 전환을 실현시킨 것이 각각에 대한 선명한 엑스선 사진을 얻는 데 결정적 역할을 했고, 특히 섬유가 긴 B형의 사진에서 먼저 구조가 드러났다.

겹쳐 있는 걸 보아왔던 것으로 밝혀졌습니다… 마치 사랑을 나눌 때 두 몸이 서로 분간할 수 없게 되는 그 순간의 남녀처럼 말입니다. 그래서 사실상 관찰을 할 수가 없었던 겁니다. 그러나 로절린드가 남자와 여자를 떼어서, 다독여서, 침대에서 나오게 만들어서, 제대로 알몸을 볼 수 있는 법을 발견한 것입니다. 이 업적 하나만으로도 역사에 그녀의 이름을 남길 만한 일이었습니다.

왓슨 *(비웃으며)* 그 여자 이름을 역사에 남긴다고?

크릭 그 여자 이름을 역사에 남긴다고?

캐스퍼 네, 그랬어야 합니다.

고즐링 윌킨스도 그 중대성을 모르지 않았습니다.

(로절린드와 윌킨스가 고즐링을 사이에 두고 작업 중이다)

윌킨스 프랭클린 양에게 내가 A형과 B형 DNA 작업을 같이 해도 크게 불쾌하지 않겠냐고 물어봐주겠나? 새 샘플이 몇 개 있는데 공동작업을 해야 할 것 같다고 말이네.

고즐링 프랭클린 양, 윌킨스 박사님께서 말씀하시기를 혹시 –

로절린드 나는 공동작업 할 생각이 없으니 내 자료에 손대려는 생각은 안 했으면 한다고 전해요.

고즐링 공동작업 할 생각이 없으시다고 하십 –

윌킨스 이유가 정확히 뭐라고 하던가?

로절린드 충분히 잘 알 거라고 전해요.

고즐링 충분히 잘 아실 거라고 하십니다 –

윌킨스　도대체, 뭐가 그렇게 두려운 거야?

고즐링　"도대체 뭐가"—

로절린드　두려운 거 없습니다!

고즐링　두려운 거 없다고 하십니다!

로절린드　내 말은, 내 데이터를 다른 사람이 해석하는 것은 용납하지 않겠다는 뜻입니다!

윌킨스　정말 이렇게는 더 이상 못하겠군.

로절린드　동감입니다.

윌킨스　내 말은, 더 이상 못 참겠다는 겁니다. 게다가, 당신의 반감이 실험실의 모든 사람을 불편하게 만들고 있습니다.

로절린드　그럼 따로 일하면 되겠군요. 난 A형을 맡겠습니다. B형 하십시오.

윌킨스　*내가* A형을 했으면 하는데요.

로절린드　모리스, 말도 안 되는 소리예요.

윌킨스　알겠습니다, B형 하죠.

크릭　그렇게 로절린드는 자신의 연구를 했습니다. 아니, 하려고 했습니다. 아주 공들여서요. 작은 부분 하나하나에, 어긋나는 부분 하나하나에 주의를 기울였습니다.

왓슨　그러다 어느 순간 구조를 밝혀내기 직전에 이르렀죠. 하지만 로절린드는 크릭과 내가 했던 것처럼 가설을 만들지 않았습니다. 증명은 했지만, 과학자라면 누구나 알 듯이, 증명이란 건 … 우선, 시간이 걸리는 겁니다.

로절린드 그 구조는 커다란 나선형이거나 여러 개의 사슬로 이루어진 좀 더 작은 나선형으로 보입니다. 또한 인산은 분명히 외부에 위치합니다, 내부가 아니라.

고슬링 라이너스 폴링이 다시 DNA 연구한다는 소식 들으셨습니까?

로절린드 아니요.

고슬링 그렇다고 합니다.

로절린드 잘 생각했네요.

고슬링 윌킨스가 서두르고 싶어 할 것 같습니다. 모델을 만드세요. 다른 사람들은 모델을 만들고 있다는 거, 아시잖아요.

로절린드 레이, 하루 쉬면서 모델을 만들고 싶으면 그렇게 해요. 기차나 자동차가 좋겠네요. 그런 것들은 실제와 아주 흡사하니까요.

크릭 *(관객을 향해)* 로절린드에게는 모델을 만든다는 것은 태만이나 다름없는 것이었습니다. 모든 계산을 먼저 하고, 어두침침한 방에 앉아 수학 계산부터 해야 했던 거죠. 그래서 결국 로절린드와 윌킨스 둘 다 어두침침한 각자의 방에 앉아 수학 계산을 하고 있었습니다. 그러니 당연히 –

왓슨 윌킨스는 외로워졌습니다.

윌킨스 전혀 외롭지 않았어.

왓슨 그래서 케임브리지 카벤디쉬 연구소에 있는 친구 프랜시스 크릭을 만나러 갔습니다. 또한 그 연구실에는 뛰어난 새 과학자가 막 들어온 참이었습니다. 바로 나죠.

크릭　　한 잔 더 하겠나?

윌킨스　해야지.

크릭　　맞아! 해야지. 사실상 축하 자리니까! 못 만난 지가 벌써 – 이런 – 몇 달이나 된 거지? 모리스, 나를 잊어버리고 있었군.

윌킨스　그래 … 그동안 무슨 연구 했나? 여전히 헤모글로빈 연구인가, 프랜시스?

크릭　　오, 그게, 실은 –

왓슨　　*(화제를 바꾸려 끼어들며)* 우린 박사 연구 소식이 더 듣고 싶습니다.

(왓슨이 크릭에게 거들라는 눈짓을 보낸다)

크릭　　그래 … 우리가 하는 연구야 다 아는 거지.

왓슨　　재미도 없죠.

윌킨스　여기 오니 좋군, 정말이지.

크릭　　그 여자가 정말 그 정도로 고약한가?

윌킨스　그보다 더 하지.

왓슨　　유태인들이 정말 아주 성미 고약하긴 하죠.

윌킨스　그러게 말이야.

왓슨　　아주 비만인가요?

윌킨스　그건 왜?

크릭　　왓슨이 다 괜찮은데 말본새가 없어. 그래서 참아줘야 하네, 몇 번이고 몇 번이고 말이야.

왓슨　　나 대신 사과할 필요는 없어, 프랜시스 –

크릭 그래도 해야지.

왓슨 내가 물어본 건 그냥-

크릭 이 친구는 그 여자가 비만일거라고 생각하거든. 기차 같은 힘으로 사람을 깔고 지나가 버릴 만한 그런 여자라고.

왓슨 아니면 미식축구 수비수 같든가.

윌킨스 아니, 그렇지 않아. 아니야. 어떤가 하면 … 어떤가 하면 … *(조명이 무대 다른 쪽에 있는 로절린드를 비춘다. 윌킨스가 그녀를 쳐다본다.)*

캐스퍼 *(관객을 향해)* 왓슨과 크릭에게는, 무언가의 외형은 그 내부 활동을 가장 잘 보여주는 분석표와 같았습니다. 마치 그걸 보기만 해도 어떻게 생겨났고 … 매일 어떻게 움직이는지 확정할 수 있다는 듯이 말입니다.

왓슨 최근 사진들 얘기 좀 해주시죠.

윌킨스 응, 점점 더 뚜렷해지고 있네. 매일매일 더 많은 게 보이는데, 그러면 내가 뭘 잘못 보고 있는 건 아닌가 의문이 들 정도야.

왓슨 그럼 정말 나선형이라고 생각하는 건가요?

크릭 짐-

윌킨스 실은, 그 여자가 내 연구를 가로막고 있어. 최상의 장비를 다 가지고 있으면서 말이야. 최상의 샘플은 물론이고. 전부 꿰차고 있어.

왓슨 나선형같이 보이나요, 모리스?

윌킨스 뭐? 아, 맞아. 나선형.

크릭 *(왓슨이 "무슨 짓이야?"라고 노려보게 만드는 말을 한다)* 그럼 모델을 만들어야지.

왓슨 글쎄, 서두를 필요는 없어요.

윌킨스 어떻든지 상관없어! 그 여자는 모델에 – 절대 – 반대야. 지금 시점에서 그걸로 실제를 구현할 수 있다고 생각을 안 해. 의미 없는 추론에 불과하다나.

크릭 *(윌킨스를 부추겨 도와주려 한다)* 하지만 추론이 항상 의미가 없을까?

윌킨스 로지 생각에는 그런가 보네.

왓슨 이름만 장미지 생각은 별로 장밋빛이 아닌 것 같군요.[16]

크릭 없는 자리에선 자네들이 로지라고 부르는 거 그 여자도 알아?

윌킨스 장난해? 우리를 껍질을 벗겨버릴 걸.

왓슨 빨리 만나보고 싶군요.

윌킨스 아 내 말 듣게. 안 그러는 게 좋을 거야.

고즐링 *(관객을 향해)* 그는 빨리 만나게 되었습니다. 그해 겨울에 킹즈 칼리지가 핵산의 구조에 관한 콜로키엄을 개최해서

역주 16 로절린드를 "로지(Rosy)"라고 부르며 이름을 이용해 조롱하고 있다. 프랭클린은 집안에서조차 이 흔한 애칭으로 불리는 것을 싫어했으나, 윌킨스를 비롯한 킹즈 칼리지의 다른 동료들은 비하와 조롱의 뜻으로 그들끼리 몰래 로지라고 불렀다. 앞서 보았듯이 면전에서도 윌킨스는 한 번도 "프랭클린 박사"로 부르지 않고 "프랭클린 양"이라고 불렀다. 후에 왓슨은 회고록 『이중나선』에서도 "로지"를 고수했다.

요. 제 역할은 그 … 뭐, 전 콜로키엄에서 커피를 준비했습니다. 저도 기여한 거죠. 1951년 11월이었습니다.

(로절린드가 스포트라이트를 받으며 서 있거나, 아니면 그냥 대사만 들린다 – 녹음이어도 되고, 무대 뒤에서 말해도 된다. 이 장면에서 왓슨과 크릭은 그녀 또는 그녀를 나타내는 한 지점을 쳐다보고 있다. 그들의 대사가 그녀의 대사 일부를 끊고 들어온다. 그들의 대화가 그녀 목소리 위로 들린다.)

로절린드　알다시피, 핵산은 단량체 뉴클리오타이드의 사슬로 구성된 거대분자입니다. 줄여서 DNA라고 부르는 이 핵산은 두 가지 형태로 존재합니다. / 슬라이드를 보시죠.

왓슨　*(크릭에게)* 안경을 벗고 머리 모양을 좀 바꾸면 어떨지 궁금하군.

크릭　괜찮은 생각인데, 왓슨.

로절린드　됐어요. 이겁니다. / 자세히 보십시오.

왓슨　내 말은, 옷차림에 손톱만큼 관심을 두면 봐줄 만할 수도 있겠다고. 하지만 외모는 그렇다 치고, 저 여잔 … 싹싹하지도 않군.

크릭　자네 말이 맞아.

로절린드　잘 보시면, A형에서 B형으로 전환되는 걸 볼 수 있습니다. / 이 수화(水化) 샘플에서요.

왓슨　아까 악수를 하는데, 손을 너무 꽉 쥐더라고. 여자가 상냥하거나, 요만큼이라도 부드러운 구석이 없어. 무늬만 여자야. 그건 그렇고, 뚱뚱하진 않군.

고슬링 사람을 분석하느라 너무 바빠서, 그들은 그녀가 하는 말은 듣지 않았습니다. 분명하게 이렇게 말했는데도 말입니다.

로절린드 이 계산에 근거해서 볼 때, 인산은 핵산 분자의 *바깥에* 있다는 것이 명백합니다. 이게 사실이라는 데 의심의 여지가 없습니다.

고슬링 그리고 일주일쯤 뒤에 왓슨과 크릭이 모델을 만들었을 때, 킹즈 칼리지 사람들 모두 초대를 받아 갔습니다 – 결국, 그건 *우리* 연구를 바탕으로 한 것이었습니다.

왓슨 윌킨스, 어떻게 생각합니까?

로절린드 수분은 어디 있죠?

크릭 프랭클린 양도 다시 만나 반갑습니다.

로절린드 DNA는 저것보다 최소한 열 배의 수분을 흡수합니다.

왓슨 그런가요?

로절린드 당신들이 생각한 대로라면, 거대분자가 어떻게 붙어 있을 수 있는지 모르겠군요.

크릭 무슨 말이죠?

로절린드 인산이 바깥에 있어야 합니다. 또, 엑스레이 데이터로는 핵산 분자가 나선형이라는 게 입증되지 않았습니다.

왓슨 그냥 이게 맞는다는 걸 인정하기 싫은 거겠죠.

윌킨스 맞지가 않네, 왓슨. 절대로 붙어 있을 수가 없어. 저렇게는 안 돼. 몇 주 전에 나한테 말을 했으면 내가 도와줄 수도 있었을 텐데 말이야.

크릭　알았네, 이봐 –

윌킨스　하지만 그러지 않았지, 그렇지? 왜냐? 자네들 연구가 아니어서 물어볼 수가 없다는 걸 너무나 잘 알고 있었기 때문이지.

왓슨　모리스 –

크릭　조용히 해, 짐. 그 말이 맞아 – 말을 했어야 했어.

왓슨　왜? 여긴 자유 국가잖아, 안 그래?

크릭　영국이? 아니, 전혀 그렇지 않아.

왓슨　글쎄, 모델이 ***정말로*** 틀렸다 쳐도 – 뭘 가지고 이러는 건지 모르겠군요.

윌킨스　그렇다면 도둑질과 강도질을 미덕으로 떠받드는 ***자네*** 나라로 돌아가는 게 좋겠군. 사실, 미국이란 나라가 그렇게 해서 생겨난 나라지, 그렇지 않나? 영국에서는 죄인이 성인이 될 수 있다는 것 별로 믿지 않네.

왓슨　이봐요, 폴 리비어한테 원한이 있다 해도, 그걸 나한테 화풀이하진 마시죠.[17] 나는 그냥 과학 연구를 하는 것뿐이니까.

로절린드　과학이라고요?

윌킨스　올바른 방법으로 하고 있질 않잖아 … 그리고 자네는 너무

역주 17　미국 독립전쟁 당시 영국군의 침입을 탐지하여 알리는 경보 시스템을 개발하여 공을 세운 폴 리비어(Paul Revere, 1735-1818)를 말한다. 자료를 도용당한 것을 깨달은 윌킨스가 에둘러 비난하자 왓슨이 맞받아치며 말을 돌리고 있다.

젊어. 머리 모양이나 … 좀 제대로 하지 그래!

왓슨　너무 젊지 않습니다.

크릭　내가 보기엔 머리 모양 괜찮은데! 개성 있어 보이잖아!

캐스퍼　참사였습니다. 망신이었고요. 모델 말입니다. 카벤디쉬 연구소는 왓슨과 크릭에게 DNA 연구를 그만두라고 명령했습니다.

윌킨스　묘하게 만족스러운 참사였지, 그렇지 않나, 레이?

고슬링　맞습니다, 윌킨스 박사님. 묘하게 만족스러웠어요.

크릭　킹즈 칼리지 놈들 죽일 놈들 같으니라고. 우리한테 거들먹거린 걸 생각하면.

왓슨　놈들하고 ***계집애*** 하나도 있지.

크릭　맞아. 그 여잘 어떻게 참고 지내는지 모르겠단 말이야. 어울리는 짝이야. 내가 친하긴 하지만, 학교 다닐 때도 윌킨스는 거드름꾼이었어.

왓슨　진정해. 우리라도 뻐겼을 거야. 상황이 반대였다면.

크릭　반대가 될 거야, 언젠가는. 내가 헤모글로빈 회절 패턴 연구로 돌아가나 봐라.

왓슨　이해해.

(조명이 바뀐다. 로절린드가 전화를 받고 있다.)

로절린드　정말 제 걱정할 필요 없어요, 어머니. 잘 지내요. 늘 잘 지냈고 지금도 달라진 거 없어요 …

네, 아버지한테 연구가 더디다고 전해주세요 하지만 …

물론 아버지야 바쁘시겠죠, 나도 바빠요 …

네, 잠 챙겨 자요 …

아니요. 외롭지 않아요.

(무대 뒤에서)

고즐링　프랭클린 양.

로절린드　끊어야 돼요. 알았어요. 네. 금요일 저녁이요. 안녕히 계세요.

고즐링　프랭클린 양!

(로절린드가 전화를 끊는다. 고즐링 등장.)

로절린드　무슨 일이에요?

고즐링　이거 보세요. 이건 정말 … 끝내주는데요.

로절린드　어디 봐요.

(고즐링이 보여준다. 로절린드가 한참 동안 들여다본다.)

로절린드　고즐링.

고즐링　믿을 수가 없어요, 그렇죠?

로절린드　어때요. 어때요 … 그런 건 한 번도 본 적이 없어요.

캐스퍼　51번 사진.

왓슨　51번 사진.

고즐링　분명히 나선형입니다. B형은 분명히 나선형이에요.

(신호음)

로절린드　B형은 분명히 나선형으로 ***보이네요.***

고즐링　보인다고요?

로절린드　*(관객을 향해)* 어렸을 때 난 내가 항상 옳다는 것을 자랑스

러워했습니다. *실제로* 내가 항상 옳았으니까요. 내가 늘 이기는 게임을 하자고 끈질기게 졸라서 가족들을 거의 미칠 지경으로 만들었죠. 스크래블. 루도.[18] 밖에서 숨바꼭질을 해도 꼭 저녁 어스름에 가로등 점등기사가 자전거를 타고 나타나고 어머니가 우리를 불러들일 때까지 했습니다. 나중에는 아예 상대해주는 사람이 없어졌다는 게 놀랄 일도 아니죠. 그리고 대학생 때, 나는 언제나 당연하게 생각해왔던 일이지만 내가 과학을 공부할 거라는 게 부모님에게도 분명해졌을 때, 케임브리지를 떠나 아버지와 주말 하이킹을 하러 간 적이 있었습니다.[19] 열여덟 살 때였는데, 호수 지방의 어느 산 정상에서[20] 아버지가 내게 말씀하셨습니다. "로절린드, 네가 이 길로 계속 가고 싶다면 … 한 번이라도 실수를 해선 안 된다. 단 한 번에, 네가 이룬 모든 것을 잃게 될 수도 있어."

하지만 난 그게 문제가 될 거라곤 생각하지 않았습니다. 나는 용의주도했고 내가 옳다는 걸 즐겼기 때문에 용의주

역주 18 스크래블과 루도는 각각 낱말 맞추기와 주사위놀이 보드게임.

19 프랭클린은 1938년 케임브리지 대학교의 뉴넘 칼리지(Newnham College)에 입학했다. 케임브리지 대학교는 1869년 거튼 칼리지(Girton College), 1871년 뉴넘 칼리지를 설립하여 최초로 여학생을 입학시키기 시작했으나 1947년까지는 정식 학위를 수여하지 않았다. 다른 기존 졸업생들과 마찬가지로 프랭클린도 이때 소급하여 학사 학위를 받았다.

20 잉글랜드 북서부의 호수 지방(Lake District)은 수많은 호수와 산이 모여 풍광이 아름다운 지역으로 꼽힌다.

도하다는 것도 즐겼으니까요. 하지만 바로 그 순간이었어요, 나도 모르게 일종의 두려움이, 불안이 내 확신의 가장자리에 자리를 잡았던 겁니다, 마치 어떤 점등기사도 진정 쫓아버릴 수 없는 저녁 어둠처럼 말입니다.

(다시 사진을 골똘히 쳐다본다)

캐스퍼 그리고 그녀는 그 자리에 서서 그걸 쳐다보고 있었습니다, 마치 거울을 보고 있는데 자기 자신이 갑자기 다른 사람으로 보이는 것처럼요.

크릭 *(캐묻듯이)* 그 여자 머릿속에서 종소리가 울렸을까요? 노랫소리가 들렸을까요?

왓슨 그리고 …

(로절린드가 서랍을 열고 사진을 분류함에 넣어버린다)

왓슨 *(깜짝 놀라)* 사진을 치웠습니다.

고즐링 윌킨스에게 보여줘야 하지 않을까요?

로절린드 축하파티 하고 싶지 않아요, 고즐링? 축하파티 해요.

(윌킨스가 들어온다)

윌킨스 무슨 축하파티요? 축하할 게 뭐가 있다고요.

로절린드 좀 놀 때도 있어야죠, 안 그래요, 모리스? 어쨌든, 당신이 장난이며 농담이며 그런 거 좋아한다는 거 알고 있어요.

윌킨스 내가요?

로절린드 한 말씀 하지 그래요.

윌킨스 네?

로절린드 해봐요.

윌킨스 한 말씀이라니? 뭐에 관해서요?

로절린드 머리를 써봐요, 모리스. 어서요. 아무거나 그냥 생각해내봐요. 안 돼요? … 그럼, 지금까지 과학자로서 가장 좋았던 순간에 대해 말해봐요.

윌킨스 가장 좋았던 순간이라니.

로절린드 레이, 이 사람 지금 내 말만 따라하는 거예요?

고슬링 오, 음.

윌킨스 나보고 정확히 뭘 어쩌라는 겁니까?

로절린드 그냥 ***뭐든지*** 해봐요. 모리스. 뭐든지요. 당신은 어떤 것에도 확 달려들질 않아서 그게 정말 마음에 안 들어요.

윌킨스 그렇군요.

로절린드 네. 참을 수가 없어요.

고슬링 제 생각엔 윌킨스 박사님은 단지 …

로절린드 잠깐요, 레이. 누구 편인가요?

고슬링 *(첫 번째는 로절린드를 향해, 두 번째는 윌킨스를 향해, 빠르게 연달아 말한다)* 누구 편도 아닙니다. 누구 편도 아닙니다.

윌킨스 지금 약간 정신 나간 사람처럼 행동하고 있군요.

로절린드 그냥 우리하고 축하나 해요.

윌킨스 도대체 뭘 축하합니까?

고슬링 정말, 끝내주는 게 있어요 –

로절린드 나를 믿어봐요. 축하할 게 있습니다. 한번 믿고 뛰어들어봐요.

윌킨스 *(억울한 듯)* 누가 할 소린지. *(비꼬듯 헛웃음을 웃는다)* 아니, 세상에, 지금 자신이 뭐라고 하는지나 알아요? 아이러니 아닌가요?

로절린드 *(천천히)* 나는 매일 믿고 뛰어듭니다, 모리스, 아침에 저 문으로 걸어 들어올 때마다요 … 잘 하고 있는 거야, 이 모든 게 언젠가는 분명 의미를 가지게 될 거야, 이런 믿음이요.

윌킨스 무슨 말인지 모르겠습니다.

로절린드 그래요, 모를 겁니다.

윌킨스 정말이지, 당신은 말할 수 없이 힘든 사람입니다. 당신처럼 막무가내 여자는 한 번도 만나본 적이 없어요 –

로절린드 글쎄 그다지 많은 여자를 만나보질 못했겠죠.

윌킨스 내가 결혼했었다는 것 잘 알잖습니까!

로절린드 그게 완전히 끝장이 난 덴 다 이유가 있겠죠.

윌킨스 오, 이건 아냐. 아니요. 당신하고 이런 얘기 할 생각 없습니다.

고즐링 윌킨스 박사님 –

윌킨스 *(울분, 비아냥, 자기연민이 뒤섞여, 인내심이 폭발한다)* 아니요. 내 전처가 어느 정도로 잔인했는지 당신에게 밝힐 생각 없습니다. 내 아들도 못 만나게 하려고 무슨 짓까지 했는지, 그 여자가 한 말들, 영원히 끝나지 않을 지옥의 라디오 쇼처럼 내 머릿속에서 반복해서 들리는 그 말들. 꺼내지 않을 겁니다. 난 그런 남자 아닙니다. 당신은 나와는 다른 사람하고 일하고 싶을 겁니다. 날이면 날마다 당신과 격분한 상태로 지내는 게 행복한 그런 사람 말이오. 글쎄, 미안하지만 – 난 그런 사람 아닙니다. 미안합니다! 인생이 원래 불공평하고 언제나 그래왔어. ***그거야말로*** 인생의 참 모습이지.

로절린드 모리스 –

윌킨스 믿고 뛰어든다고. 웃기는 소리요 … ***당신이*** 그럴 리가. 아니, 전부 계산하고 또 계산해야겠죠. 실수를 용납할 수 없으니까. 용납할 수 없겠지 … 인간다움을. 그게 바로 ***당신*** 방정식에서 빠져 있는 겁니다, 프랭클린 양.

(나간다)

고슬링 그날 밤 나는 윌킨스에게 사진을 건네주었습니다. 그도 볼 권리가 있다고 생각했습니다. 지금껏 사진 중 최고였으니까요.

(퇴장. 캐스퍼가 편지를 읽으며 등장한다.)

캐스퍼 프랭클린 박사님께. 오늘 졸업했습니다! 오늘 아침까지도 학생이었는데, 불과 몇 시간 지나자 이제 아닙니다. 마치 내가 찍은 엑스레이 사진 중 한 장이, 그것도 나오는 데 엄청 오래 걸리고 별로 신통해 보이지도 않던 사진이 결국 겨우 결과를 낸 것 같은 느낌입니다. 약간의 결과요. 정말, 믿기지가 않습니다. 부모님도 마찬가지였습니다. "돈, 우린 네가 절대 못 끝내는 줄 알았구나"라고 계속 말씀하셨습니다. 하지만 두 분도 좋아하십니다. 그리고 … 저도 기뻤습니다 – 지금도 기뻐요 – 그리고 이 모든 게 박사님 덕분이라고 말씀드리고 싶었습니다. 그리고 혹시 … 저 … 그게, 제가 킹즈에서 박사님과 함께 – 아니, 박사님을 위해서 – 연구를 할 수 있는 가능성이 있을까요? 정말 큰 영광일 겁니다. 혹시 제가 찾아볼 만한 연구원직이 있을까요?

로절린드 캐스퍼 *박사*에게. 진심으로 축하합니다. 의미론이 얼마나 중요한지 실감하고 있겠지요. 당신이 부여받은 박사 칭호는 … 차가운 밤공기를 쐴 수 있도록 창문이 활짝 열렸다는 것을 뜻하고, 당신이 지나가면 가로등마다 불이 켜질 거라는 걸 뜻합니다. 내가 1945년에 박사 학위를 받았을 때, 당신도 이제 막 취득한 그 두 글자가 나한테도 똑같은 가치를 가질 거라고 생각했지만, 물론 그게 사실이 아니라는 건 당신도 나도 잘 알고 있습니다. 불평하는 건 아닙니다. 그런 일에 신경 써선 안 되지요. 난 안 써요.

캐스퍼 프랭클린 박사님, 정말 대단하십니다. 이런 말씀 드린다고 불쾌하지 않으셨으면 합니다. 정말 대단하세요. 지금 처해 있는 그런 상황에서 어떻게 견디시는지 모르겠습니다.

로절린드 그냥 내 연구를 할 뿐입니다, 캐스퍼 박사. 연구를 하면서 다른 아무것도 걱정 안 하는 것이 최고라는 걸 터득했으니까요. 어쨌든 상관없어요.

왓슨 상관이 있죠! 상관이 있었습니다. 경주 중인 사람이 경주를 무시할 수는 없습니다. 그 점이 그 여자의 잘못이었습니다.

윌킨스 로절린드한테 대단하다고 했나?

캐스퍼 네.

크릭 아무튼 경쟁이란 게 뭐야? 이기는 건 누구고? 인생이 결승선까지 달리는 경주라면, 사실 거기서 이기길 ***원하지는*** 않지. 이기길 ***원해서는*** 안 되는 거야. 그렇지 않나?

왓슨 무슨 말인지 모르겠는데. 가끔 자넨 알아들을 수 없는 말을 했어, 프랜시스, 그래서 난 이해한 척해야 했지. 난 그게 영국인스러운 무언가 때문이라고 생각했어, 제국주의 과거의 죄 많은 잔재가 되살아나 괴롭히는 거라고.

크릭 또는 그 경주의 목표가 전혀 다른 무언가였을지도 모르지. 우리가 무엇을 찾고 있는지 사실은 아무도 몰랐었는지도 몰라. 원하는 게 뭐였는지. 어쩌면 성공이란 게 환영이고 손에 잡히지 않는 것인지도 몰라 … 로절린드가 우리한테 그랬던 것처럼 말이야. 어쩌면 그건 단지 우리 생각 속에만 존재하고, 그리곤 언제나 손에 닿지 않는 거지, 마치 머리 위에 있지만 잡을 수 없는 탄탈루스의 포도송이처럼 말이야.[21]

역주 21 그리스 신화에서 신들의 노여움을 산 탄탈루스는 연못 속에 서 있지만 물을 마시려고 하면 물이 물러나고 머리 위 가지에 매달린 포도를 먹으려고 하면 위로 올라가버려서 끊임없는 갈증과 배고픔에 시달리는 형벌을 받았다.

왓슨 거봐. 또 횡설수설이라니까. 우리가 그렇게 오랫동안 잘 지냈다는 게 놀라울 뿐이야.

크릭 *(비꼬며)* 놀랍지.

(그리고는 누그러진다. 긴장이 해소되고 두 사람이 마주 웃는다.)

왓슨 1953년 2월 우리는 폴링이 핵산 구조에 대해 썼던 보고서를 손에 넣었습니다. 잘못된 보고서였죠. 인산 부분이 틀리긴 했지만, 그걸 썼다는 사실 자체가 그가 진지하게 연구를 하고 있다는 뜻이었고, 결국 알아낼 거라는 뜻이었습니다.

크릭 우리 모두 그게 단지 시간문제라는 걸 알았고 게다가 오래 걸리지 않을 걸 알았습니다. 그래서 왓슨이 런던에 갔습니다. 이유는 말해주지 않았지만, 짐작 가는 바가 있었습니다.

(왓슨이 로절린드의 연구실로 불쑥 들어온다)

왓슨 안녕하세요, 안녕하세요, 어여쁜 로절린드.

로절린드 여기서 뭐하는 거죠?

왓슨 나도 반갑습니다.

로절린드 노크를 해야죠.

왓슨 내가 뭘 가지고 있는지 압니까?

로절린드 내가 어떻게 알아요?

왓슨 폴링의 원고요.

로절린드 그래서요.

왓슨　그래서요?

로절린드　이봐요, 내가 지금 막 –

왓슨　폴링이 2주 후에 이걸 출판하면 공개적으로 망신을 당할 텐데, 보고 싶지 않습니까?

로절린드　내가 왜요?

왓슨　우선, 고소하겠죠. 브랙은 – 요즘 아주 물 위를 걷는다던데 – 이러겠죠. *(브랙 흉내를 낸다)* "라이너스가 이번에는 나를 못 이겨!" 자, 폴링이 크릭과 내가 한 것과 똑같은 실수를 범한 겁니다. 세 가닥의 나선형에 인산이 내부에 위치한 구조를 제시하고 있으니까요.

로절린드　이렇게 논문 경쟁을 벌이니까 그런 겁니다. 발표 논문들이 말도 안 되는 실수들로 범벅이에요.

왓슨　B형이 나선형이라고 생각합니까?

로절린드　시간을 따로 내서 내가 발견한 것을 당신과 토론해주고 싶지만 지금 당장은 안 되겠습니다, 유감스럽게도.

왓슨　모리스 말로는 당신은 나선형이라는 데 반대라면서요?

로절린드　내가 뭐라든 말든 모리스가 이러쿵저러쿵할 게 아닙니다.

왓슨　그러니까 B형이 나선형이라고 생각합니까?

로절린드　그럴 수도 있다고 생각합니다.

왓슨　당신 데이터를 정확하게 해석하고 있는 게 확실해요?

로절린드　지금 뭐라고 했나요?

왓슨　이론은 얼마나 준비됐나요?

(짧은 신호음)

로절린드 여기 왜 온 겁니까, 짐?

왓슨 *(폴링의 원고를 들어 보이며)* 공유하려고요.

로절린드 오, 그래요?

(신호음)

왓슨 글쎄요. 당신이 관심을 가질 거라 생각했습니다. 내 생각엔…

로절린드 뭐요?

왓슨 우리가 얘기를 해볼 수 있을 것 같아서.

로절린드 하지만 지금까지 한 번도 얘기하는 데 관심을 보인 적이 없었잖아요. 그러니 내 생각엔 나를 모욕하러 온 것 같군요. 그게 아니면 지금 나를 모욕하고 있다는 사실을 모르고 있거나요, 그 경우라면 더 잘못이고. 훼방을 놓으면 내가 못 해낼 거라고 생각하는 건가요?

왓슨 뭘 못 해내는데요?

로절린드 연구요, 짐.

왓슨 해낼 거라 생각합니다. 아니 … 해낼지도 모른다고 생각해요. 하지만 그러려면, 당신한테 부족한 것들을 채워야 합니다. 내가 그걸 할 수 있을 겁니다.

로절린드 뭘 해요?

왓슨 당신을 돕는다고요.

로절린드 제발, 나가주지 않겠어요 –

왓슨 내 말은, 당신이 이론이 있다면 A형이 "나선형이 아니"라는 특징들이 실은 왜곡이라는 것을 이해할 거란 말입니다. 당신이 보고 있는 게 사실 나선형이라는 걸요. 왜냐면 난 정말로 그렇다고 생각합니다, 로절린드. 이성과는 별개인 직감이 듭니다. 설명할 수 없는. 더 심오한 거예요 … 내 말은, 지금까지 살면서 뭔가를 확실히 안 게 있다면, 이게 바로 그거예요.

로절린드 잠 잘 자겠군요. 그렇게 확신이 넘친다니.

왓슨 아니요, 잠 안 잡니다.

(신호음)

생각할 게 너무 많아요. 그렇다는 거 당신도 알잖아요. 그게 당신을 압도하고 있는 겁니다. 내 눈에는 보여요. 그러니 당신 연구를 나하고 공유합시다. 내 말은, 당신 혼자 해낼 수는 없어요.

로절린드 나가요.

왓슨 진정해요, 로절린드.

로절린드 내 연구실에서 나가라고요!

왓슨 그렇게 화낼 필욘 없잖아요 –

로절린드 화내는 게 아닙니다! 화내는 게 아니에요. 난 … 난 … 내가 뭐 어떻든 당신 상관할 바 아닙니다. 그냥 나가요.

왓슨 한 번 생각이라도 해봐요 –

(로절린드가 그에게 달려든다)

왜 이래요?

로절린드 나가!

왓슨 알았어요, 알았어.

(나간다)

로절린드 다신 오지 말아요.

캐스퍼 복도 저쪽에 왓슨이 윌킨스와 함께 있었습니다. 또는 윌킨스가 왓슨과 함께 있었든지요. 꼴불견으로 보이지만 않는다면 둘이 손이라도 붙잡을 기세였습니다.

윌킨스 말도 안 되는 소리야.

캐스퍼 말 됩니다.

왓슨 저 여자 진짜 순 마녀군요, 네? 나한테 달려드는 품이 말입니다. 진짜 얻어맞는 줄 알았어요.

윌킨스 완전히 참사지. 나한테도 한 번 그런 적이 있네. 난 그냥 잘해주려고 한 것뿐인데.

왓슨 나도요!

윌킨스 만사를 너무 심각하게 받아들여.

왓슨 사람이 가끔 마음을 풀 때도 있어야죠. 최소한 어쩌다 한 번씩은.

윌킨스 그러게 말이야.

왓슨 여태 이런 걸 참고 지내야 했다니 믿을 수가 없습니다. 진짜 한계를 벗어나는군요.

윌킨스 맞네.

왓슨 맞습니다.

윌킨스　아주 불행한 일이야.

왓슨　뭐가요?

윌킨스　우리가 사실상 동료가 아니라는 거. 시작도 하기 전에 내가 망쳤던 것 같네.

왓슨　어떻게 망쳤다는 겁니까?

윌킨스　불친절했겠지.

왓슨　*(거짓말로)* 무슨 소립니까. 당신은 내가 아는 가장 … 친절한 사람 중 한 명인데요.

윌킨스　그러니까 말이야! 내 말은, 내가 꽤 친절한 사람이지. 다른 사람은 한 번도 화나게 한 적이 없어.

왓슨　분명히 그 여자가 미친 겁니다.

윌킨스　그런가봐. 아니면 …

왓슨　네?

윌킨스　잘 모르겠네.

왓슨　당신은 그 여자 없는 게 더 나을 겁니다. 왜 같이 지낼 수 없는 사람과 협업을 하는 겁니까?

윌킨스　무엇보다, 사진 때문이지! 내 말은, 이걸 좀 보라고 …
(서랍 속 자료철을 뒤져 사진 한 장을 꺼낸다)
예를 들어, 그 여자가 찍은 이 B형 사진 말이야.

왓슨　무슨 사진이요?

윌킨스　이거.
(사진을 건네자 왓슨이 한참 들여다본다)

왓슨　　저 …

윌킨스　왜?

왓슨　　갑니다. 가야겠습니다.

윌킨스　이렇게 간다고?

(왓슨은 이미 나갔다)

제임스?

캐스퍼　그의 책 『이중나선』에 왓슨은 나중에 이렇게 썼습니다. "그 사진을 본 순간 난 입이 떡 벌어졌고 맥박이 빨라지기 시작했다." 그게 51번 사진이었습니다.

윌킨스　이렇게 가는 법이 – 어디 있나. 제임스!

고슬링　케임브리지로 돌아가는 기차 안에서, 그는 신문 여백에다 그림을 스케치했습니다. 그걸 쳐다보고 또 쳐다보았습니다. 기차가 멈추자 그는 비오는 길을 미친 사람처럼 달려갔습니다 – 그리고 도착했습니다.

크릭　　무슨 일이야?

왓슨　　노벨상.

크릭　　뭐?

왓슨　　해답.

크릭　　해답이 뭔데?

왓슨　　이중나선. 내가 봤어.

크릭　　어디서?

왓슨　　킹즈에서. 모델을 만들어야 돼, 지금 당장. 지금 당장 시작해야 돼. 찾았어, 프랜시스. 우리 거라고. 그 사람들은 꿰차고 앉아서도 모르고 있어. 우리 거야. 이제 복제의 비밀을 우리가 찾을 거라고.

크릭 하지만 잘 이해가 안 되는데.

왓슨 이해할 시간 없어. 그냥 시작해야 돼.

크릭 글쎄, 이 차나 마저 마시고. 아주 맛이 좋아–

왓슨 프랜시스!

크릭 아, 알았어.

윌킨스 하지만 그렇게 된 게 아닙니다. 사진을 그렇게 그냥 준 게 아닙니다. 그가 달라고 한 겁니다.

왓슨 아니요. 그렇지 않아요. 나한테 내줬잖아요, 저녁 식사에서 양고기 다리 넘겨주듯이요.

윌킨스 내가 언제.

고슬링 그리고 바로 그 주에–

윌킨스 *(침울하게)* 돈 캐스퍼가 나타났습니다.

고슬링 박사 학위 받고 얼마 안 돼서, 캐스퍼 박사가 킹즈에서 우리 팀의 특별연구원직을 받았습니다. 분명히 여기 과학자들 중 한 명이, 말하자면, 그 사람을 추천했던 모양입니다. 누구였는지 모르겠군요.

(조명이 바뀐다. 윌킨스가 캐스퍼를 실험실 안으로 안내한다.)

윌킨스 이쪽이 프랭클린 양입니다.

캐스퍼 프랭클린 박사님이세요?

로절린드 네 접니다.

캐스퍼 아, 처음 뵙겠습니다.

(어색한 신호음. 윌킨스가 놀란 듯 계속 쳐다본다.)

재밌네요. 제가 상상했던 것과 다르셔서요.

로절린드 어떻게 상상했는데요?

크릭 그는 더 후줄근한 모습으로 상상했다고는 말하지 않았습니다 – 말하지 못했죠. 외모에서 고지식함이 그대로 드러나는 여자라고요.

캐스퍼 아, 그냥 좀 더 피부가 흴 거라고요. 금발에요.

로절린드 내가 금발일 거라고요?

캐스퍼 네. 뭐.

로절린드 하지만 내가 유태계인거 알았잖아요?

캐스퍼 네. 저도 그렇고요.

로절린드 킹즈에도 이제 두 명이 되겠군요.

캐스퍼 제가 미국에서 벗어난 줄 알았는데, 아닌가요?[22]

로절린드 맞아요, 벗어났어요 … 여행은 어땠나요?

윌킨스 잘 왔겠죠 – 자, 시작할까요?

캐스퍼 잘 왔습니다. 약간 피곤했지만요.

로절린드 네 – 그랬을 거예요.

역주 22 영국 국교회 대학이었던 킹즈 칼리지는 물론 캐스퍼가 다닌 예일 대학교에도 유태계가 극소수였음을 시사한다.

(신호음)

캐스퍼　이렇게 만나 뵙게 되니 신기하네요.

로절린드　그럼 일해야죠, 괜찮아요?

윌킨스　네. 우리 전부 일 때문에 여기 모인 거니까요, 아닌가요? 아닌가요, 프랭클린 양?

로절린드　물론입니다, 윌킨스 박사.

고즐링　4일 후 크릭이 윌킨스를 일요일 점심에 케임브리지로 초대했습니다. 도착해서 알게 된 것은－

크릭　왓슨도 초대했는데 괜찮지?

윌킨스　그래, 물론이지.

크릭　여기－앉게. 마실 거 뭐 줄까? 오딜이 고기를 굽는 중인데 한 시간 정도 걸릴 걸세.[23]

윌킨스　아무거나 좋아. 위스키 할까?

크릭　위스키, 알았어.

(크릭이 나간다)

왓슨　그 문제인물하고는 어떻게 지냅니까?

윌킨스　묻지 말게.

왓슨　열심히 하나요?

윌킨스　항상 똑같지.

역주 23　크릭의 부인 오딜 크릭(Odile Crick). 화가였던 오딜 크릭은 왓슨과 크릭의 『네이처』지 논문에 실린 DNA 이중나선 구조의 삽화를 그린 것으로 유명하다.

왓슨　　사람은 안 변해요, 정말.

윌킨스　　그러게 … 그리고 나도 가끔 어디로 좀 움직여야 하는 거 아닌가 하는 생각이 드네 – 뭐, 시골이라든가. 정말이지 … 이를테면, 런던에서는 아무도 만난 사람이 없거든. 여기 와서 좀 만나 봤나? 내 말은 … 그러니까 … 여자라든가? 여자 좀 만나나?

(크릭이 마실 것을 들고 돌아온다)

크릭　　자, 위스키.

왓슨　　여기 와서 몇 명 만났죠. 물론.

크릭　　"만났다"는 게 딱 맞는 말이지. 여자들이 저 친구를 한 번 보고 그리고는 … 뭐라고 해야 하나 … 그리고는 뭐라 잠시 중얼거리고 나서는, 모자를 집에 두고 왔다는 둥 그런 말도 안 되는 핑계를 대고 자리를 떠나버리거든. 아니, 왓슨이 여자랑 자는 거보다 생명의 비밀을 푸는 게 더 빠를 거라고 하는 게 맞겠군.

왓슨　　그런 말은 뭐 하러 해? 그냥 여기 여자들이 나의 세련된 매력을 좋아하지 않는 것뿐이야.

윌킨스　　프랜시스, 마거릿 램지 기억나나?

크릭　　내가 마거릿 램지를 잊을 것 같아?

윌킨스　　*(왓슨에게)* 누군가 하면 –

크릭　　케임브리지에서 몇 안 되는 자연과학 전공 여학생 중 한 명이었어. 이 친구가 완전히 반했지. 어느 날 밤에 둘이 이 친구 방에서 양쪽 끝에 앉아서 그냥 뭐 뻔한 얘기를 하고 있었는데 – 느닷없이 이 친구가 사랑한다고 한 거야. 한심한 녀석이, 데리고 나가서 몇 잔 먹이고 입 맞추는 것도 아니고 말이야. 그게 아니고, 그냥 반했다고 말하고는 계속 거기 앉아서 뭔가 사랑을 받아주는 말을 기다리고 있는 거라.

왓슨 그래서 어떻게 됐나요?

윌킨스 한참 가만히 있더니, 걔가 일어나서, 잘 있어 하고 가버렸지.

크릭 봐, 여자들은 남자가 사나운 짐승처럼 덮치기를 기대한다고. 뭐라고 반대로 웅얼거리긴 하지만, 남자가 계속 더듬어주길 원한다니까. 모리스가 그걸 전혀 몰랐지.

윌킨스 내가 궁금한 건 … 자네하고 오딜 말이야 … 어떻게 그렇게 잘 지내지?

왓슨 지나가는 여자마다 추파를 던지는 걸 오딜이 모르니까 잘 지내는 거죠.

크릭 아니야! 날 뭘로 보고. 가끔 추파보다 훨씬 더한 것도 한다고.

윌킨스 하지만 오딜 사랑하잖아?

왓슨 뭐죠 이게? 스무 고갠가요?

크릭 물론 사랑하지. 솔직히 오딜이 없으면 어떻게 할지 모르겠어. 그런 삶은 상상도 할 수가 없지. 그리고 돈만 생기면 애들도 떼로 낳을 거야.

왓슨 *(질겁하며)* 맙소사, 몇 명이나?

크릭 글쎄, 적어도 한 명.

(그는 웃지만 윌킨스는 침울하게 시선을 돌린다)

크릭 *(윌킨스를 살피며)* 왜 그래, 모리스? 뭐 잘못됐어?

(신호음)

윌킨스 어, 그게 … 모르겠어. 살면서 어떤 지점을 지나고 나면 정말 다시 시작할 수 없어지는 그런 지점이 있다는 생각이 들기 시작했어.

왓슨 맞습니다. 출생이라고 하죠. 그 지점이 지나면, 지나간 건 지나간 거예요. 그래서 지금은 유전자 토론을 할 때죠. 자 연구가 어떻게 돼가는지 얘기해볼까요?

윌킨스 *(비꼬며)* 그래, 연구, 연구. 그게 중요하다 이거군?

왓슨 우리 햇살 아가씨가 요샌 뭘로 바쁘게 지내시는지 들어봅시다.

크릭 *(정말로 걱정하며)* 윌킨스, 이봐. 자네 정말 괜찮은 거 맞아?

왓슨 그 여자 일람표에 뭐 새로운 거 있나요? 공유해도 괜찮다면 말이죠.

윌킨스 제길 뭐 어때. 기억나는 거 다 얘기해주지.

왓슨 네 – 좋습니다. 그렇지 않나, 크릭?

크릭 *(마지못해)* 그래 – 좋아.

(신호음. 바뀐 주제를 따라가려고 마음먹는다.)

윌킨스 자 어디 보자 … 요즘 논문을 쓰고 있어. 끝은 못 낼지도 몰라. 그 여잔 우선 쓰는 게 너무 느린데다 최근엔 약간 마음이 들뜬 것 같거든. 정말, 짜증나서.

왓슨 뭐에 관한 건데요?

윌킨스 분명히, 최근 사진들이겠지. 지난번에 자네도 본 대로, 여태껏 중 최고였거든.

왓슨 *(들썩이며)* 네. 잘 나왔어요. 아주 잘요.
모델 만들고 있나요?

윌킨스 그 생각을 하기 시작했어. 그것만도 대단한 일이지.

왓슨 그래요? 몰랐는데요. 프랜시스, 알고 있었어?

크릭 몰랐어, 짐.

윌킨스 이제 정보가 워낙 많으니까 그 여자도 더 이상 안 할 수가 없지.

왓슨 어떤 모델인데요?

윌킨스 B형 모델이지. A형은 독자적으로는 생존을 못하는 게 확실해. 그래서 요컨대 A형 B형 ***둘 다*** 이제 그 여자 게 됐어. 어쩌다 그렇게 됐는지 모르겠는데, 아무튼 그렇게 됐어. 그래서, 맞아, 거기서 모델이 나올 것 같네. 언젠가 말이야.

크릭 아, 잘 됐군.

왓슨 그 여자 좋겠군요. *(신호음)* 잘 되길 바랍니다.

크릭 그러게.

윌킨스 *(놀라서)* 정말이야?

왓슨 물론입니다.

크릭 하지만 모리스, 자네는 어떻게 생각해, 만약에 …

윌킨스 뭘?

크릭　　내 말은 … 내가 하려고 하는 말이 뭐냐면 –

왓슨　　우리가 해본다면 반대하겠느냐고 묻는 겁니다. 한 번 더요. 해답을 찾기 위해서요.

윌킨스　또 다른 모델을 만들고 싶다는 말인가?

크릭　　그래도 괜찮겠나?

왓슨　　먼저 물어보고 싶었습니다. 이번에는요. 그게 사실은 당신 … 거니까요.

고슬링　그들은 이미 시작했다는 사실은 언급하지 않았습니다.

크릭　　사실은 자네가 직접 해야 하는데 말이야, 친구. 자네도 따로 해도 되고.

왓슨　　멋진 생각이네요. 따로 하세요.

윌킨스　난 안 돼. 로지가 있는 한은. 그건 그 여자 영역이고, 그 여자 자료라서 …

크릭　　그럼 잘 됐네. 로지가 언젠가 없어지면 자네가 하라고.

왓슨　　네, 잘 됐어요! 그 여자 언젠가는 떠나게 돼 있습니다, 나중에요.

크릭　　그리고 우린 우리 걸 시작할게 – 자네가 동의만 한다면.

윌킨스　내가 하라 마라 할 수가 없어. 난 그냥 …

왓슨　　네?

윌킨스　자네들이 관심 있는 줄 몰랐네, 그게 다야. 직접 하고 싶어 하는 줄은. 또다시. 지난번 일을 겪고도 말이지. 내 말은, 그때 충분히 망신을 치르지 않았나?

왓슨 모리스, 망신을 치를 때마다 숨는다면 난 아마 내 방에서 나올 수도 없을 겁니다.

크릭 이 친구 방 자체가 망신이야. 완전히 쓰레기장이지. 이 친구가 왜 항상 여기 와 있겠나?

왓슨 오딜의 고기 요리가 쓸 만해서지.

크릭 그 말 취소해. 오딜 요리는 최고야.

왓슨 말랑하기가 거의 자기 허벅지 수준이지.

크릭 됐어. 그만해.

윌킨스 이봐, 자네들이 새 모델을 만들려고 하는 걸 알았더라면, 내가 안 그랬을 텐데 …

크릭 뭘, 모리스?

윌킨스 글쎄, 너무 많이 말해버린 거 말이야. 아니면 자네한테 보여준 거 …

고슬링 그 후 상황이 빠르게 진행되었습니다. 모든 일이 더디게 느껴지는 박사과정 학생의 기준에서 볼 때는 특히 더 빠르게요.

캐스퍼 왓슨과 크릭은 로절린드가 쓴 논문을 손에 넣었습니다. 연구기밀이었는데도요.

크릭 기밀 아니었어. 케임브리지의 다른 과학자 한 명이 자기가 위원장을 맡고 있는 위원회에서 그 논문이 회람된 후 우리한테 직접 줬다고.

윌킨스 미발표 논문이었어, 그건 분명해. 거기에는 그 여자의 최근 계산, B형 DNA가 나선형이라는 증거, 그리고 그 나선형의 지름까지 다 나와 있었어. 그게 자네들 연구에 결정적 정보가 됐지.

왓슨 그거 없었어도, 분명히 우린 조만간 해냈을 겁니다.

윌킨스 자네들 연구를 우리가 알았으면 우리도 그랬을 거야. 자네들은 우리 걸 가져갔지만, 우리는 자네들 걸 몰랐다고!

왓슨 그쪽은 "우리"라고 할 사람이 없었죠. 그게 문제였어요.

고슬링 아무튼, 그들이 그 논문을 어떻게 손에 넣었는지는 중요하지 않습니다, 손에 넣었다는 게 중요하죠.

캐스퍼 그리고 로절린드는 자신이 서둘러야 할 입장이란 걸 몰랐다는 게 중요하죠. 우리 둘 다 몰랐습니다.

(캐스퍼가 현미경 위로 몸을 굽히고 있고 로절린드가 그 옆 좁은 틈으로 지나가려고 한다)

로절린드 좀 지나갈게요, 캐스퍼 박–

(그에게 살짝 닿는다)

아, 미안합니다.

캐스퍼 *(몸을 펴며)* 괜찮습니다.

로절린드 난 그냥 …

캐스퍼 괜찮아요, 로절린드.

(신호음)

로절린드 *(화내며)* 뭡니까? 당신이 박사 학위 받아서 나는 이제 박사 학위 없어졌나요?

캐스퍼　죄송합니다 – 프랭클린 ***박사님*** … 그냥.

로절린드　뭐죠?

캐스퍼　그 이름이 좋아서요 … 로절린드 … 로지.

로절린드　왜요?

캐스퍼　따뜻해서요. 맹추위에 나갔다 들어와서 난롯가에 온 것 같은 느낌이 드는 이름이에요.

윌킨스　*(관객을 향해)* 저런 대사는 미국 사람만이 할 수 있는 겁니다.

로절린드　하지만 난 따뜻하지 않습니다. 아무도 나를 따뜻하다고 생각하지 않아요. 아무나 물어봐요 –

캐스퍼　저 …

로절린드　네?

캐스퍼　저하고 저녁식사 하시겠어요?

로절린드　저녁식사요??

캐스퍼　아니 – 그게 아니고 … 그냥 저녁이요 … 아주 캐주얼하게요.

로절린드　영국에서는 캐주얼한 건 없다는 걸 모르는 것 같군요. 아니 – 여기선 모든 게 아무도 직접 말하거나 터놓지 않는 속뜻으로 가득 차 있어요. 그래서 내가 파리를 훨씬 더 좋아했던 거예요.

캐스퍼　하지만 파리에서 매우 힘드셨을 것 같은데요.

로절린드　왜요?

캐스퍼　글쎄요. 전쟁 직후고. 별로 우호적이지도 않았을 테고 …

로절린드　네 맞아요. 하지만 … 그냥 적응해야죠, 안 그래요? 그럴 수

밖에요. 그 생각만 계속 하고 있을 수는 없잖아요 … 안 그러면 버틸 수가 없으니까요.

캐스퍼 그렇죠. 정말 그래요.

(신호음)

저하고 저녁 같이 하세요.

(신호음)

로절린드 미안하지만 시간이 없을 것 같습니다, 캐스퍼 박사.

캐스퍼 저녁 시간도요?

로절린드 맞아요.

고즐링 그러는 사이, 왓슨과 크릭은 무서운 속도로 진행하고 있었습니다.

캐스퍼 로절린드의 보고서를 보고나서, 그들은 그녀가 아직 내리지 못한 결론에 도달했습니다. DNA가 서로 반대 방향으로 이어진 *두 개*의 사슬로 이루어져 있다는 것이죠, 마치 마주하고 있지만 영원히 만나지 않는 한 쌍의 끝없는 나선 계단처럼 말입니다.

크릭 그 계단을 따라가면 복제가 어떻게 이루어지는지 알 수 있는 거야, 왓슨. 그게 어떻게 작동하는지 말이야. 이게 뭘 뜻하는지 알아?

왓슨 응. 아니, 몰라.

크릭 전원에 큰 집을 짓고 고장 난 난방기 없이 살 수 있다는 뜻이야. 고급 맞춤 양복만 입게 될 거라는 뜻이고. 우리 어머니가 나더러 왜 변호사나 의사가 안 됐느냐, 내 인생이 이렇게 풀린 데 후회는 없느냐고 에둘러 묻는 일도 이제 끝이라는 뜻이야…

왓슨 교과서 출판사들이 전화를 걸어서 우리 이름의 정확한 철자를 확인하게 되겠지.

크릭 맞아! 자넨 부인으로 어떤 여자라도 고를 수 있을 거야. 그리고 내 부인은 나를 전과 다르게 볼 거고.

왓슨 이 일을 계속할 재원이 언제나 있을 거고. 영원히 말이야.

크릭 거의 다 왔어, 왓슨. 바로 코앞이야.

고즐링 2월 중순이 됐습니다. 왓슨과 크릭이 갑자기 매우 친절을 베풀기 시작했습니다. 전부 다 케임브리지로 초대해서는 – 뭐, 저는 빼고요 – 어색하게 즐거운 척 … 행동했습니다.

크릭 로절린드! 정말 반갑습니다! 들어와요, 들어와 – 자, 코트 주세요.

왓슨 오늘 특별히 예쁘군요, 특별히 생기 넘치고 –

로절린드 안녕하세요, 짐. 프랜시스. *(신호음)* 모리스.

크릭 캐스퍼 박사군요.

캐스퍼 그냥 – 돈이라고 부르세요.

로절린드 자 무슨 중요한 일이길래 우릴 전부 여기까지 부른 거죠?

크릭 그냥 만나고 싶어서죠, 프랭클린 양, 화창한 겨울날이잖아요. 그게 다예요.

왓슨 다 같이 겨울 우울증을 이겨내자고요, 따뜻한 난롯가에서,

케임브리지 최고의 차 한 잔 마시면서요.

로절린드　이런 날 실내에서 보내는 건 어리석은 시간 낭비예요. 난 빠지겠어요, 더구나 오전 내내 기차에 갇혀 있었는데. 나하고 정원에 나가볼래요 … 돈?

캐스퍼　그럼요 … ***로절린드.***

(윌킨스가 캐스퍼의 팔을 잡는 그녀를 쳐다본다. 둘이 함께 나간다.)

윌킨스　달라졌어.

왓슨　내 보기엔 아닌데요. 여전히 똑같은 –

크릭　자, 친절하게 해주자고.

윌킨스　***난*** 항상 친절했다니까! 친절한 거밖에 없다고!

(서 있는 두 사람을 두고 나간다)

크릭　오.

왓슨　왜 ***저래?***

크릭　오오 ————.

왓슨　뭐야?

크릭　모르겠어?

왓슨　뭘 몰라?

크릭　가끔 자넨 눈 뜬 장님이야, 짐.

왓슨　내가 장님? 웃기는 소리군.

크릭　저 여자를 사랑한다고.

왓슨　누굴 사랑한다고?

(신호음)

그럴 리가!

크릭 확실해.

왓슨 굉장한 이론이군, 프랜시스. 하지만 증거 있어?

크릭 이제, 그건 우리 방식이 아니야. 아니지.

(로절린드와 캐스퍼가 안으로 들어온다. 윌킨스가 쳐다보고 있다.)

로절린드 프랜시스 – 캐스퍼 박 – 아니, 돈이 방금 아주 멋진 생각을 했어요 –

왓슨 아 그래요? 정확히 어떤? 나선구조에 관한 건가요? 아니면?

로절린드 동형 대치법을 담배 모자이크 바이러스에 사용해볼 수 있겠다고 했어요.[24]

윌킨스 별로 새로운 것도 아니군.

크릭 아니, 탁월한 생각이야.

왓슨 그럼 사용하는 원자는 –

캐스퍼 납이요, 아니면 수은이나 – 뭔가 무거운 거요.

크릭 그걸 바이러스 단백질 안에 투입해서 엑스레이 패턴의 차

역주 24 동형 대치(isomorphous replacement)는 캐스퍼와 크릭의 대사에서 알 수 있듯이 중금속을 결정에 넣어 회절 강도차를 이용해서 위상을 결정하는 결정학 방법을 말한다. 담배 모자이크 바이러스(tobacco mosaic virus, TMV)는 담배 잎에서 처음 발견된 RNA 바이러스로, 프랭클린은 1953년 킹즈 칼리지에서 버크벡 칼리지로 옮긴 후 TMV 구조를 연구하여 1955년 『네이처』지에 논문을 발표했고 1958년 사망 직전까지 연구를 계속했다.

이를 보겠다는 거군. 원자를 투입한 엑스레이와 하지 않은 것 말이지. 그러면 구조를 알 수 있을 거다. 아주 기발한데.

캐스퍼　곧 모델을 만들 겁니다, 그렇죠, 로지?

윌킨스　로지라고 부르는 거 싫어하네.

(어색한 침묵)

로절린드　*(조용히)* 괜찮아요.

윌킨스　그리고 모델 만드는 것도 싫어해!

(어색한 침묵)

왓슨　하지만 만들 생각이죠?

(크릭이 끼어들어 왓슨이 계속하는 것을 막는다)

크릭　런던엔 얼마나 더 있을 건가, 캐스퍼?

캐스퍼　오래는 못 있을 것 같습니다, 아마. 여기 특별연구원직은 두어 달밖에 안 남아서요.

크릭　유감이군.

캐스퍼　맞아요.

(모두 로절린드를 쳐다본다)

로절린드　네. *(신호음)* 유감이에요.

윌킨스　*(대놓고 좋아하며)* 정말 유감이군. 그래.

왓슨　윌킨스, 고약하긴.

윌킨스　뭐?

왓슨　프랜시스, 자네 말이 확실히 맞는 것 같아.

윌킨스　뭐가 맞다는 건가?

크릭　　자, 거실로 들어들 갈까요? 짐은 가서 오딜이 새 차 세트 내오는 것 좀 도와주고, 그럼 우린 앉아서 차나 마십시다.

왓슨　　내가 왜 도와? ***자네*** 부인이야.

크릭　　그냥 좀 가.

(조명이 바뀐다)

캐스퍼　　하지만 속단하지 마십시오. 로절린드는 나 때문에 지장을 받지 않았습니다. 로절린드가요? 그럴 리가요. 그녀는 천천히 그리고 체계적으로, 점점 더 고립된 채로 연구를 계속했습니다.

고즐링　　뭐라도 가져다 드릴까요? 차라도 한 잔 하시겠어요?

로절린드　고즐링, 내가 보기엔 A형 DNA는 나선형이 ***아닌*** 것 같다고 하면, 뭐라고 하겠어요?

고즐링　　저를 시험하시는 거라고 하겠어요.

로절린드　어째서요.

고즐링　　A형이 나선형이 아니면 B형도 나선형일 리가 없는데, B형이 나선형인 건 확실하니까요.

로절린드　그래요.

고즐링　　저를 시험하셨던 게 맞네요.

로절린드　항상 오답부터 제외해야 해요, 레이. 잊지 말아요.

고즐링　　그럼 정답은 뭔가요?

로절린드　정답이 뭔가.

고즐링　　물어보시는 건가요?

로절린드 알아요?

고즐링 아니요.

로절린드 그럼 묻는 거 아니에요.

캐스퍼 왓슨과 크릭은 네 개의 염기가 어떻게 들어맞는지 문제로 애를 먹고 있었습니다. 짝을 이뤄서? 다같이? 아니면 서로 다 각각인가?

왓슨 피곤하다니. 정말 피곤해?

크릭 아니. 아주 말짱해. 그냥 자네가 정신 바짝 차리라고 피곤한 척하는 거야.

왓슨 농담이야? 농담인지 아닌지 알 수가 없다고.

크릭 낸들 아나.

고즐링 2월 23일.

(로절린드가 A형과 B형의 사진을 각각 들여다보고 있다. 얼굴에서 아주 멀리 떨어뜨렸다가 다시 아주 가까이 가져온다.)

로절린드 고즐링! 좀 와 줄래요, 고즐링.

고즐링 무슨 일이죠?

로절린드 거기서 뭐하고 있어요, 혼자 카드놀이해요?

고즐링 아니요, 그냥－

로절린드 여기가 뭐하는 데라고 생각합니까? 놀이방인 줄 알아요? 내 말은 할 일이 있다는 겁니다.

고즐링 하지만 제 도움을 찾지 않으시길래－

로절린드 그냥 여기 서 봐요, 네. *(신호음)* 아니－그건 너무 가까워요. 조금 더 멀리. 좀 더 떨어져서 서 있어야 내가 생각을 할 수가 있어요.

(다시 사진을 집어 들어 들여다본다)

맞아. A형과 B형 둘 다 나선구조야. 그래야 맞아.

고슬링　해답까지 단 두 걸음 남았었습니다. 단 두 걸음이요. 그런데 그걸 몰랐습니다.

(윌킨스가 들어온다)

윌킨스　늦었군요. 집에 가지 그래요.

로절린드　괜찮습니다.

윌킨스　괜찮겠지.

(가려고 돌아선다. 그녀는 51번 사진을 주시하고 있다.)

또 보는군요. 보는 것 말고는 아무것도 안 하고 있어요. 집에 가요.

로절린드　됐어요.

윌킨스　내가 볼게요.

(그녀에게 다가간다)

염기인가요? 염기 생각하고 있는 건가요?

로절린드　어떻게 생각의 끝에 와버렸는지 생각하는 중이라고 생각해요. 어떻게 텅 비어버렸는지.

윌킨스　탈진한 겁니다.

로절린드　탈진이 아니에요. 백지 상태지.

윌킨스　이런 일 좀처럼 없는데.

로절린드 한 번도요.

윌킨스 한 번도?

(신호음)

당신은 조금만 빈틈을 보이면 우리가 다 달려들 거라 생각하죠, 그런 거요?

로절린드 *(조용히)* 사실이니까요, 아닌가요?

윌킨스 아니요. 그렇게 생각하지 않습니다.

로절린드 그렇다면 당신도 생각의 끝에 이른 겁니다. 집에 가요, 모리스.

윌킨스 내가 …

로절린드 뭐요?

윌킨스 우리 둘이 같이 얘기하면 풀릴 수 있을 거예요. 도움이 될 겁니다.

(긴 신호음. 그녀가 윌킨스를 쳐다본다.)

고즐링 한순간 모든 게 멈췄습니다. 우리 인생을 바꿔 놓을 수도 있었을 여러 가능성들이 우리 주변을 맴돌았습니다.

(긴 신호음)

로절린드 그래요, 오늘은 ***정말*** 그만 해야겠습니다. 2주째 열두시 전에 집에 간 적이 없고, 여기 있어봐야 아무 진척이 없는데 무슨 의미가 있겠어요?

(갑자기 일어선다)

고즐링 그로써 오직 한 가능성만 남게 되었습니다.

로절린드 안녕히 가세요, 모리스.

(나간다)

윌킨스 안녕히 가시오.

고즐링 1953년 2월 28일. 케임브리지에서는 한 여자가 눈길을 헤치고 가서 이글 식당 문을 열고 그날의 영업을 시작했습니다.[25] 왓슨과 크릭은 새장 속의 새들처럼 한구석에 웅크리고 있었고 그 새장은 곧 … 온 세계가 될 참이었습니다.

왓슨 짝을 이뤄야지. 그 사이에 수소 결합이 형성되고.

크릭 아데닌은 항상 티아민과 결합하고, 싸이토신은 구아닌과 결합하고.

왓슨 DNA 사슬에 하나가 있으면 다른 하나도 항상 같이 있는 거야.

크릭 맞아!

윌킨스 한 팀처럼. 잘 맞는 한 팀처럼.

고즐링 … 그러는 사이, 템즈강이 내려다보이는 어느 조용한 이탈리아 식당에서는, 손님들에게 방해가 되지 않게 웨이터들도 뜸한 가운데, 로절린드가 이게 데이트인지 궁금해하고 있었습니다. 자신이 없었습니다. 한 번도 해본 적이 없었으니까요.

역주 25 이글 식당은 왓슨과 크릭이 자주 가던 케임브리지의 식당 겸 주점으로 『이중나선』에도 여러 번 등장한다.

(로절린드와 캐스퍼가 테이블에 함께 앉아 있다. 식사를 마친 참이다.)

캐스퍼　당신이 마음을 바꾸지 않아서 기쁩니다. 그게, 난 바꿀 줄 알았거든요. 당신 시간을 너무 많이 뺏은 게 아니길 바랍니다.

로절린드　내 시간이라.

캐스퍼　그래요.

로절린드　솔직히 이젠 내 시간이란 게 얼마나 대단히 귀중한 건지 잘 모르겠어요 … 어쩌면 내가 … 그걸 제대로 배분하지 못했나봅니다. 모르겠어요.

캐스퍼　모른다고요?

로절린드　네, 난 …

캐스퍼　진심이군요.

로절린드　미안해요 – 아무 말도 말았어야 했는데.

캐스퍼　입자가속기를 사용하려고 한밤중에 프린스턴 실험실에 몰래 숨어들어가야 했던 여성 물리학자 얘기 못 들어봤어요? 하버드 물리학동에는 여성은 아예 들어가지도 못한다는 것도 아마 알 겁니다.

로절린드　네, 알아요.

캐스퍼　그런데 여기 ***당신은*** 이 놀라운 … 아니, 획기적인 연구를 하고 있는 겁니다. 이보다 시간을 더 잘 배분해 쓴다는 건 생각할 수가 없습니다.

로절린드 모르겠어요.

캐스퍼 난 알아요.

(숨을 고른다)

로절린드 그럼 이제 차 마실까요?

캐스퍼 로절린드 … 고백할 게 있습니다. 당신은 싫어할지도 몰라요.

로절린드 뭔데요?

캐스퍼 나 차 질색이에요. 질색이요. 내 말은, 진짜 질색이라고요. 좋아하는 척도 못하겠어요.

로절린드 오. 이런, 거 참 안 됐네요. 당신에 대해 지금껏 생각해왔던 모든 걸 다시 생각해볼까 생각해요.

캐스퍼 *(정말 궁금해서 묻는다)* 나에 대해 어떻게 생각했는데요?

(신호음. 어색함. 그리고 로절린드가 생각한다.)

로절린드 *(솔직하게, 숨김없이)* 내 생각엔 … 당신은 균형이 잡힌 것 같았어요.

캐스퍼 당신이 말하는 균형이, 내가 항상 뭔가 끔찍한 실수를 저질러서 그걸로 왕창 망하기 일보직전이라는 뜻이라면, 그럼 아마 …

로절린드 아니요 … 봐요, 난 한 번도 균형을 못 잡았어요.

(신호음)

캐스퍼 그래요?

로절린드 그래요.

캐스퍼 하지만 행복했잖아요.

(긴 신호음 – 그녀가 깜짝 놀란다)

로절린드 물론이에요.

(신호음)

물론. 안 그랬으면, 내가 왜…

캐스퍼 왜 뭐요?

로절린드 계속했겠느냐고요, 이런 식으로.

캐스퍼 맞아요. 그러지 않았겠죠.

로절린드 맞아요.

캐스퍼 자, 내 이론인데요 … 우리가 원하지만 가질 수 없는 것들이 아마도 우리를 규정하는 것들이라고 봐요 … 이렇게 아주 간단한 결론에 이르기까지 보기보다 내가 아주 많은 시간을 들인 거니까 완전히 엉터리라고 생각하지는 말았으면 좋겠어요. 하지만 … 내가 말하는 건 … 글쎄요 … 열망이랄까?

로절린드 열망이요?

캐스퍼 내 말은 … 당신은 뭘 원하나요, 로절린드?

로절린드 너무 많아요. 하루의 무게에 짓눌리는 느낌 없이 아침에 일어나기, 왜 잠이 안 오는지 고민하지 않고 좀 더 쉽게 잠들기, 비트하고 순무 좀 더 많이 먹기, 입맞춤 받기, 자존감 느끼기, 다른 사람들과 함께 잘 지내는 법 그리고 혼자 있는 법 배우기. 품에 안겨 사랑받던, 끝없는 미래로 세상이 가득했던 어린 날로 다시 돌아가기. 입맞춤 받기. 늦은 오

후에 웨일즈든, 스위스든, 미국이든 어느 산 정상에 서서 눈 아래 세상을 내려다보고 있고 내 옆엔 한 남자가 같이 있는 그런 기분 매일 느끼기. 아니면 딱 한 번만이라도.

고슬링 하지만 그 대신 그녀는 이렇게 말했습니다.

로절린드 *(씁쓸하게)* 모르겠어요.

(캐스퍼가 그녀의 손을 잡는다)

크릭 두 가닥이야. 염기가 가운데로 가고 인산은 외부에 있어. 그래야 맞아.

왓슨 그리고 이렇게 더 큰 쪽 염기와 작은 쪽 염기를 결합하면.

(뒤로 물러나 자신들이 만든 모델을 바라본다. 침묵.)

왓슨 크릭.

크릭 잠깐만. 아무 말도 하지 마.

(왓슨이 자신이 그린 51번 사진 스케치를 들어올린다. 두 사람은 스케치와 모델을 번갈아 쳐다본다.)

캐스퍼 이렇게 잡아도 돼요?

고슬링 어떤 과학도 그걸 설명할 순 없습니다. 외로움을요.

(로절린드는 캐스퍼가 잡은 자신의 손을 내려다본다. 가능성의 순간이 이어진다. 그러다 이상한 표정이 그녀 얼굴을 뒤덮는다.)

캐스퍼 로절린드?

(그녀가 배를 움켜쥔다)

왓슨 둘이 서로 맞아, 프랜시스. 이거야.

(아주 긴 신호음)

크릭　　이건 …

왓슨　　각 사슬이 주형(鑄型)이 되고 각 주형이 또다른 나선형이 고 그렇게 계속 영원히 이어지는 거야.

크릭　　왓슨.

왓슨　　믿을 수가 없어.

크릭　　생명이 열리는 거야, 바로 우리 눈앞에서.

(로절린드가 의자에서 몸을 구부리며 숨을 몰아쉰다)

캐스퍼　　로절린드?

윌킨스　　그것은 세상에서 가장 외로운 길입니다. 과학 말입니다. 왜냐면 해답이 있거나 또는 없거나 둘 중 하나니까요. 눈앞에 펼쳐진 풍경이 있거나 또는 없거나. 그리고 그게 없을 때는, 텅 빈 도시의 암흑 속에 홀로 남겨질 때는, 가진 거라곤 오직 나밖에 없으니까요.

캐스퍼　　누구 불러올게요. 어디로든 데려다줄게요.

로절린드　　의사요.

캐스퍼　　네.

로절린드　　고마워요.

캐스퍼　　고맙다고 하지 말아요.

로절린드　　걱정 말아요 — 다신 안 할 테니까. 나한텐 쉽지 않은 말이었어요.

(조명이 바뀐다)

윌킨스 그들이 나한테 보여줄 게 있다고 했을 때 직감이 왔습니다. 기차 타고 가는 내내, 세상이 아주 빠르게, 나를 제쳐놓고, 움직이는 것 같았습니다.

(모델을 본다)

크릭 어때?

왓슨 말 좀 해봐요, 윌킨스.

로절린드 *(관객을 향해)* 종양이 두 개 있습니다. 쌍둥이 종양이요. 쌍둥이가 세발자전거를 타고 내 몸 여기저기를 돌아다니며, 가는 곳마다 한 움큼씩 더럼을 묻히고 갑니다 … 문득 쌍둥이 하나는 왓슨, 다른 하나는 크릭이라고 이름을 붙일까 생각하지만, 아니야, 내 자신에게 말합니다. 로절린드, 그 생각 버려. *(신호음)* 아니요. 난소암에 걸렸습니다. 양쪽 난소에 종양 한 개씩, 하나는 테니스 공 크기에, 다른 하나는 크리켓 공 크기로, 아주 죽이 잘 맞는 한 쌍입니다.

왓슨 진짜 그냥 입 벌리고 서 있기만 할 겁니까? 이걸 보고도?

크릭 최소한 아무 말이나 해봐. 어서. 뭐든 말해봐.

윌킨스 *(단호하게)* 자네들이 2인조 날강도라고 생각하네만 뭔가 일을 내긴 하겠군. 아주 흥미로운 개념이고 젠장 누가 먼저 알아냈느냐가 무슨 상관이야.

왓슨 *(사무적으로)* 흥미로운 개념이요? 생명의 비밀입니다, 윌킨스.

윌킨스 *(쓸쓸하게)* 그런가? ***정말*** 그런가, 짐?

캐스퍼 로절린드, 내 말 들어요.

로절린드 왜요? 그 엑스레이를 달리 어떻게 볼 방법이 있는지 모르겠어요.

캐스퍼 다른 병원을 찾을게요.

로절린드 그냥 가요, 돈. 난 여기가 좋아요.

캐스퍼 어떻게 내가 당신을 여기다 혼자 두고 갈 거라고 생각할 수가 있어요?

로절린드 하지만 왜 여기 있으려고요?

캐스퍼 당신을 좋아하니까요.

로절린드 *(씁쓸하게, 이 말로는 충분치 않다)* 나를 좋아하니까.

(그가 나간다. 조명이 바뀐다.)

윌킨스 프랭클린 양에게.

아니.

로절린드에게.

아니.

프랭클린 박사에게. 병환 소식 듣고 매우 마음이 아팠습니다. 하지만 조만간 훌훌 털고 일어나 킹즈로 돌아올 거라고 믿습니다. 사실 그 사이 별 일도 없었습니다. 이례적일 정도로 아무 일도 안 이뤄지고 있습니다. 장비는 사용을 안 해서 먼지가 끼고 있고, 물론, 비는 그칠 줄 모르고 내리고 있고, 왓슨과 크릭은 생명의 비밀을 발견했습니다. 나는 아침마다, 눈 뜨자마자 치통이 있습니다. 랜들 박사도 안부 전합니다. 모두 당신을 기다립니다.

아니.

당신이 곧 쾌유할 거라고 믿습니다.

모리스 윌킨스.

(조명이 바뀐다)

왓슨 *(『네이처』 지를 들고)* 믿어지나, 크릭? 그러니까, 정말 믿어지느냐고?

크릭 아니, 안 믿어져.

왓슨 왜 그렇게 지쳐 보여? 난 가만히 앉아 있을 수가 없어. 힘이 펄펄 난다고. 이제 뭐든지 다 덤벼볼 거야. 온 세상. 몽땅. 여자도.

크릭 잘 해봐.

왓슨 크릭?

크릭 잘 해보라고 … 난 그냥 지친 것 같네.

왓슨 하지만 그럴 만한 가치가 있었잖아? 이제 우린 영원히 잊히지 않을 거라고.

크릭 영원히.

왓슨 맞아.

크릭 영원히 안 잊힌다.

왓슨 프랜시스?

크릭 정말이지 내가 바랐던 건 가족을 부양하고, 연구하고, 세상에 자그마한 기여를 하는 게 전부였어.

왓슨　그런데 그 대신 큰 기여를 하게 됐다는 게 진짜 그렇게 나쁜 일이야?

크릭　집사람이 손님방을 자기 방으로 써. 지난 몇 달간 물건들을 서서히, 조금씩 옮긴 거야. 영리하게도. 아무것도 안 남았을 때에야 난 집사람이 사라진 걸 깨달았어.

(조명이 바뀐다. 로절린드가 자신의 연구실에서 윌킨스를 발견한다.)

로절린드　모리스, 여기서 뭐해요? 도대체 왜 당신이 껌껌한 내 연구실에 앉아 있는 겁니까?

윌킨스　오－정말 미안합니다. 난 당신이 아직 …

로절린드　*(사무적으로)* 도망쳤어요.

윌킨스　네－?

로절린드　병원에서 더 이상 시간을 보낼 마음 없습니다. 어차피 축축하고 역겹고 좁아터진 방에 있을 거면 차라리 여기 있겠어요, 죽기 전에 일도 좀 하고요.

윌킨스　그런 말 하지 말아요.

로절린드　왜요? 듣기 거북해서요? 당신 자신의 인생이 생각나서요? 당신 자신의 죽음도 불가항력이라는 게 생각나서요?

윌킨스　네. 전부 다요.

로절린드　아무도 그걸 막지 못해요.

윌킨스　못하죠. 못 하겠죠.

로절린드 우리가 져요. 결국은, 우리가 져요. 연구는 결코 끝이 나지 않고 그러는 동안 우리 몸은 태엽이 풀리고 점점 느려지다가 딸깍 멈추죠.

윌킨스 괘종시계 같군요.

로절린드 자 대화 즐거웠습니다.

윌킨스 로절린드, 난 …

(신호음)

로절린드 열다섯인가 열여섯 살 때, 가족이 노르웨이로 휴가를 떠났습니다. 어느 날 아침, 네 시에 일어나서 스투르갈텐 산을 오르기 시작했습니다 … 어머니는 계속해서 불평을 했어요 – 너무 일찍이다, 너무 춥다 – 그러다가 돌아보게 됐죠. 우리가, 구름 한가운데 있었던 겁니다. 그리고 구름을 뚫고 걸어가는데 그 시간이 영원처럼 느껴졌습니다. 그곳엔 다른 누구도 없었고 지구도, 복잡한 역사도, 닥쳐올 전쟁도 없었고, 오직 그날 아침 산길을 걸어, 동이 트는 걸 바라보고 있는 우리밖에 없었습니다.

그때 난 아버지에게 이 세상 자연의 아름다움에 감동받았다고 말했습니다. 구름말이에요 – 공기 중에 떠 있다가 땅에 닿기 직전 증발해버리는 얼음 결정체일 뿐인데.

아버지는 전과 다르게 나를 쳐다보셨습니다. 그래, 그 말이 맞다, 하지만 실은 우리가 보고 있는 건 하느님이라고 말씀하셨습니다 – 우리 아버지가 말이에요, 한 번도 신을 믿은 적이 없는 분인데. 철두철미 과학자인 아버지가요.[26] 그리고 해가 뜨고 구름이 걷히자, 우리는 빙하로 걸어 나갔고, 아버지는 눈물을 흘리셨습니다.

(신호음)

윌킨스 글쎄요 … 난 한 번도 그 둘이 대립관계여야 한다고 생각한 적이 없습니다.

로절린드 하지만 본질적으로, 불가피하게 대립관계죠.

(신호음)

로절린드 그들이 정말 알아냈나요, 그래요? 우리 친구들 말예요.

윌킨스 네.

로절린드 모델은 … 그건 아름답던가요?

윌킨스 *(진심으로)* 네.

로절린드 그래요. 우리도 거의 다 갔는데, 그렇죠? 정말이지, 거의 다 갔는데.

윌킨스 하지만 우리가 졌습니다.

로절린드 져요? 아니요 … 우리 모두가 이긴 겁니다. 전 세계가 이긴 거예요, 안 그래요?

윌킨스 하지만 당신은 전혀 아쉽…

로절린드 아쉽죠, 하지만 … 그들이 먼저 찾아서가 아니에요 … 정말

역주 26 프랭클린의 아버지 엘리스 아서 프랭클린(Ellis Arthur Franklin, 1894-1964)은 은행가 집안에서 태어나 가업을 이었으나 젊었을 때 과학을 공부하여 근로자 학교(the Working Men's College)에서 교사와 교감을 지냈다.

로요 … 내가 그걸 보지 못한 게 아쉬워요. 볼 수 있었으면 좋았을 텐데.

윌킨스 스스로에게 그걸 허락하지 않았을 겁니다 …

로절린드 그럴지도요, 하지만 시간이 조금만 더 있었으면, 봤을 거라고 믿고 싶어요.

윌킨스 단 며칠만 더 있었더라도.

로절린드 그러게 나한텐 왜 그 며칠이 부족했을까요? 누가 그 며칠을 뺏으라고 결정했을까요? 당연히 내 몫 아니었나요?

(신호음)

만약 내가 …

고슬링 엑스레이에 조금만 주의를 했더라면.

왓슨 협업을 했더라면.

크릭 조금 더 마음을 열고, 조금 덜 경계했더라면. 자기보호에 조금 덜 급급했더라면.

캐스퍼 반대로, 조금 더 경계하고, 자기보호를 조금 더 잘했더라면.

왓슨 더 나은 과학자였더라면.

캐스퍼 조금 더 무모하고, 모델을 만들고, 확실한 증거 없이도 밀고 나갔더라면.

크릭 조금 더 싹싹했더라면.

고슬링 아니면 다른 시대에 태어났더라면.

크릭 아니면 남자로 태어났더라면.

로절린드 하지만 더 두고 보세요. 연구는 결코 끝나지 않아요. 다음

달에 파리 시절 동료 중 한 명과 같이 리즈에서 열리는 학회에 갑니다. 차를 몰고 갈 건데, 가는 길에 노르만 시대 교회 몇 군데도 들를 거예요.

윌킨스　교회요?

로절린드　알다시피, 내가 사물의 형태를 좋아하잖아요. 무슨 의미인지 알기도 전부터 형태 그 자체를 좋아하죠.

고슬링　하지만 그녀는 리즈에 가지 못했습니다. 세상을 떠났을 때 서른일곱 살이었습니다. 그해 4월은 유난히 추웠습니다. 런던에는 나무에 서리가 덮였고, 알프스의 산들은 6월까지 눈에 덮여 있었습니다.

윌킨스　안 돼, 안 돼, 안 돼 … 그만 해.

고슬링　그녀에 관한 추모 글들은 연구에 대한 온전한 헌신, 연구에서 이룬 업적, 연구를 통해 남긴 항구적 기여 등에 초점을 맞추었습니다.

윌킨스　*(고슬링에게)* 그만 해! 말했잖나, 당장 그만 둬.

고슬링　그럴 수 없습니다. 일어난 사실은 사실이니까요.

캐스퍼　시간이란 게, 그리고 기억이란 게 그래서 묘한 겁니다. 내 손주들에게 말하죠. 우리가 일어났었더라면 하고 바라는 많고 많은 일들이 우리 머릿속에서는 실제로 일어났던 일들만큼이나 진짜 같다고 말입니다.

윌킨스　당장 그만 둬. 다시 시작하자고. 처음부터. 지금.

크릭　이봐, 그만 해, 그 정도면 충분한 거 아니야?

윌킨스　아니, 바로잡을 때까진 아니야! 다시 시작해.

왓슨　설마 농담이겠죠, 윌킨스. 당신이 이겼다고요. 우리가 이겼어요. 노벨상에 당신 이름 올린 거. 그 부분 기억나요? 세상에, 당신 인생에서 최고의 순간이었죠.

윌킨스　아니, 아니었어.

(로절린드 쪽으로 돌아선다)

다시 시작합시다. 이번엔 우리 두 사람만.

윌킨스　*(그녀를 설득하고, 다른 사람들은 모두 나간다)* 부탁입니다… 해야 할 게 있어요…

로절린드　*(부드럽게)* 해야 할 게 뭐예요, 모리스?

윌킨스　당신한테 해야 할 말이 있어요… 중요한 겁니다.

로절린드　그럼 해요.

(신호음)

윌킨스　당신을 봤습니다. 피닉스 극장에 『겨울 이야기』 보러 갔던 날이요.

로절린드　해야 한다는 얘기가 이건가요?

윌킨스　나도 같이 보고 싶었습니다. 표를 사려고 줄을 섰어요.

로절린드　그렇군요, 그래서 어떻게 됐어요?

윌킨스　어떻게 됐느냐가 아니라… 어떨까라는 겁니다. 지금이라면.

로절린드　무슨 말이에요, 모리스?

윌킨스　1951년 1월. 이번엔, 나도 연극을 봅니다. 그리고 객석 너머로 당신을 봅니다.

(그녀를 쳐다본다. 그녀는 무덤덤하게 잠자코 있다.)

윌킨스　이번엔, 우리 눈이 마주칩니다. 그리고 나중에, 뒤쪽에서 만납니다. 극장 바 옆에서요.

(그녀는 움직이지 않는다)

윌킨스　이번엔 내가 이렇게 말합니다. "공연 재미있었습니까?"

(그녀가 그를 응시한다. 말이 없다.)

윌킨스　"길구드 정말 잘하죠, 안 그래요?"

(신호음)

로절린드　네, 아주 리얼하게. 아주 잘하네요.

윌킨스　믿을 수 없는 건, 우리가 같이 거기 있다는 겁니다, 그 사람 공연을 보면서. 똑같은 걸 경험하면서. 함께.

로절린드　***정말*** 그러네요.

윌킨스　같이 보면서.

로절린드　허마이어니가 죽었을 땐, 리언티즈 잘못이었는데도, 그 사람이 불쌍하게 느껴졌어요. 정말로요.

윌킨스　***자, 가여운 아가야***

내가 듣고도 믿지 않았느니 –

로절린드, 윌킨스

죽은 자들의 영혼이

되살아나 걷는다는 말을.

윌킨스　진짜로 그래요. 난 허마이어니가 정말 죽은 게 아니었다는 게 좋아요. 그녀가 살아 돌아오는 게요.

로절린드 *(위로하듯이)* 아니요, 모리스. 살아오지 않아요, 그런 게 아니에요.

윌킨스 분명 살아와요.

로절린드 아니요.

윌킨스 그럼 조각상이 살아 움직이는 건 어떻게 설명하겠어요?[27]

로절린드 희망이요. 모두가 그걸 투사하는 겁니다. 리언티즈는 생명이 없는 데다 생명을 투사하는 거예요, 그래야 용서받을 수 있으니까.

윌킨스 하지만 그가 용서 받아도 된다고 생각하지 않습니까?

로절린드 나는 나 자신을 용서하나요?

윌킨스 네? 뭘 용서해요?

(신호음)

로절린드 글쎄요… 살면서 어떤 지점을 지나고 나면 정말 다시 시작할 수 없어지는 그런 지점이 있다는 생각이 들어요. 일단 결정을 내리고 나면 그 다음은 결정대로 살든가 아니면 남은 인생을 후회하며 살든가죠.

윌킨스 나는 남은 인생을 후회하며 살았습니다.

(신호음)

로절린드 *(씁쓸하게 웃으며)* 그래요 그럼 아마도 우리가 연극을 같이

역주 27 『겨울 이야기』 결말에서 허마이어니가 죽었다고 알리고 16년 동안 그녀를 숨겨주었던 폴리나가 리언티즈에게 조각상이라며 보여준 허마이어니가 살아 움직이는 장면을 말한다.

봤어야 했겠군요.

… 아니면 같이 점심을 먹으러 갔던가.

윌킨스 그랬더라면 달라졌을까요?

(긴 신호음. 그녀가 그를 바라보고, 하려던 말을 바꾼다.)

로절린드 이상하죠. 허마이어니 역을 누가 했는지 기억이 안 나요.

윌킨스 네 … 나도요. 아무리 생각해도 안 나요.

로절린드 그냥 돋보이질 않았나 보죠, 아마. *(미심쩍게)* 그걸로 끝내요.

(조명이 꺼진다)

끝

로절린드 프랭클린, 『겨울 이야기』

이시연

런던 트라팔가 광장에서 불과 몇 분 거리에 있는 킹즈 칼리지 스트랜드 캠퍼스 건물의 외벽에는 킹즈 칼리지가 배출한 자랑스러운 인물들의 사진과 업적이 줄지어 전시되어 있는 명예의 벽이 있다. 『51번 사진』의 두 주인공 로절린드 프랭클린과 모리스 윌킨스도 이 벽에 나란히 올라 있다. 윌킨스 이름 아래에는 "DNA 연구 선구자(DNA pioneer)"라는 표제 아래 "런던 킹즈 칼리지 랜들 연구소의 알렉 스토크스, 허버트 윌슨과 함께 1950년대 초반 DNA 구조 발견에 결정적인 공헌"을 했다고 적혀 있다. 바로 옆 프랭클린의 이름 아래 표제어는 "51번 사진을 촬영함(created 'Photo 51')"이다. "세계에서 가장 중요한 사진 중의 하나"인 이 사진이 "DNA 나선형 구조를 입증하고 제임스 왓슨과 프랜시스 크릭이 1953년에 최초의 DNA 분자 모델을 만드는 것을 가능하게 해주었다"라는 설명이 뒤따른다. 프랭클린은 그 촬영자에 불과하다는 뜻일까? 51번 사진이 왓슨과 크릭의 모델을 "가능하게 해주었다"라는 말은 정확히 무슨 뜻일까? 사실일까? 『51번 사진』은 그에 관한 드라마이다.

작가 애너 지글러가 작가 노트에서 강조하듯 『51번 사진』은 "실화에 기초를 두고 있긴 하지만 허구의 작품"이다. 그렇다고 결코 "실화"를 소홀히 하지도 않았다. 극에 등장하는 주요 에피소드의 세부사항은 물론 심지어는 몇몇 표현에 이르기까지 이 극은 브렌다 매독스(Brenda Maddox)가 쓴 프랭클린 전기에 크게 빚지고 있기에, 매독스의 전기에 대해 먼저 몇 가지 언급할 필요가 있다. 우리나라에서는 『로잘린드 프랭클린과 DNA』(2004)라는 제목으로 번역 출판된 이 책의 원제는 *Rosalind Franklin: The Dark Lady of DNA*(2002)이다. "다크 레이디"는 윌킨스가 왓슨과 크릭에게 프랭클린을 지칭하던 별명으로, 프랭클린이 킹즈 칼리지를 떠나기 며칠 전에도 그는 크릭에게 "우리의 다크 레이디"가 드디어 떠나게 되었다며 한껏 들뜬 편지를 보낸 바 있다. 윌킨스 입장에서는 이해할 수도 제압할 수도 없는 강퍅한 여자인 프랭클린에 대한 반감을 그녀의 유태인 외모에 실어 표현한 것이다. 극중에도 등장하는 프랭클린의 또다른 별명은 "로지"였다. 특히 왓슨은 그의 유명한 회고록 『이중나선(*The Double Helix*)』(1968)에서 그녀를 "로지"라고 비하하여 지칭하며 능력을 폄훼한 것으로 악명이 높다. 『이중나선』에서 학회 발표 중인 프랭클린의 발표 내용은 무시하고 외모나 이리저리 품평하던 기억을 호기롭게 술회한 대목은 『51번 사진』에서도 그대로 극화되어 있다. 매독스의 프랭클린 전기는 여러모로 왓슨이 『이중나선』에서 일방적으로 비하하고 평가절하하고 왜곡한 프랭클린에 대한 변호이다. 그러나 이 전기에서 매독스는 무작정 프랭클린 편에 서서 윌킨스, 왓슨 등을 비난하지도 않을 뿐더러 그녀를 '비운의 여성 과학자' 신화로 감싸지도 않는다. 오히려 사용 가능한 모든 자료를 동원하여 관련 인물들이 처해 있던 상황과 인물들 간 갈등의 원인을 재구성하고 최대한 균형 잡힌 해석을 제시하고자 노력한다. 특히 에필로그에서 이 점이 잘 드러난다. 매독스의 에필로그는 왓슨의 행보와 『이중나선』을 차근차근 분석한 후, 프랭클린에 대한 평가절하 못지않게 신화화에 대해서도 분명히 선을 긋는다. 예를 들어, 프랭클린이 노벨상을 받지 못한 이유와 '만약 생존해 있었더라면'이라는 가정에 대해서도 매우 현실적인 결론을 내린다. 심지어 프랭클린이 난소암에 걸려 요절한 이유가 엑스선 노출의 위험으로부터 자신을 보호하지 않고 연구에 헌신했기 때문이라는 해석에 대해서도, 유태인의 여성암 발병률이 유난히 높다는 사실을 언급하면서까지 유보적인 입장을 취한다. 객관성과 균형감을 견지하려는 매독스의 입장은 『이중나선』에서 왓슨의 자기과시적 서술과 선명한 대조를 이룬다. 프랭클린에 관한 한 매독스의 전기와 『이중나선』 중 어느 쪽이 "실화"를 말하고자 하는지는 두 책을 다 읽은 독자라면 어렵지 않게 알 수 있다. 『51번 사진』의 지글러 역시 매독스와 비슷한 입장을 취한다. 왓슨에 대해서는 희화화에 가까운 묘사를 선택한 반면, 극의 주인공인 프랭클린과 윌킨스에 대해서는 관객의 공감이 한 사람에게 일방적으로 쏠리지 않도록 세심하게 대사를 썼고 초판의 작가 노트에서는 두 역을 맡은 배우에게 당부의 말까지 따로 남긴다. 1951년 1월부터 약 2년간 프랭클린과 윌킨스 사이에 벌어졌던 "실화"에 충실할 때에야 비로소, 지금이라도, 문제의 핵심이 드러날 것이기 때문이다.

『51번 사진』이 프랭클린과 윌킨스의 실화를 극화하는 데 사용하는 "허구"의 틀은 윌리엄 셰익스피어의 『겨울 이야기(*The Winter's Tale*)』이다. 극 초반에 두 사람이 주말 사이 우연히 한 극장에서 만날 뻔했던 사실을 알게 되고 프랭클린이 본 연극 『겨울 이야기』를 화제 삼아 둘은 처음으로 긴 대화를 나눈다. 실제로도 프랭클린은 연극과 책을 좋아했고 킹즈 칼리지가 서 있는 스트랜드에서 길만 건너면 바로 런던의 극장가인 웨스트 엔드이므로 충분히 상상 가능한 일이다. 그리고 두 사람의 깊은 회한을 드러내는 극의 마지막 장면에 다시 등장하여 극의 주제를 또렷이 각인시키는 것도 『겨울 이야기』이다. 『겨울 이야기』는 시칠리아의 왕 리언티즈와 왕비 허마이어니의 이야기이다. 느닷없이 왕비 허마이어니의 부정을 의심하게 된 리언티즈가 임신 중인 그녀를 감옥에 가두고, 뒤이어 감옥에서 태어난 딸을 신하 안티고너스에게 내다버리도록 시킨다. 그러던 중 상심한 리언티즈의 아들이 병들어 죽고, 충격을 받은 허마이어니까지 죽었다는 소식이 전해진다. 가족을 모두 잃고 회한으로 16년의 세월을 보낸 리언티즈는 내다버려서 죽은 줄로만 알았던 딸 퍼디타와 우여곡절 끝에 만나게 되고, 왕비의 옛 친구가 보여준 허마이어니의 조각상이 그들이 보는 앞에서 허마이어니로 되살아나 그녀에게도 용서를 구하고 화해를 이룬다. 허마이어니가 리언티즈에게는 죽었다고 알리고 16년 동안 숨어 살고 있었던 것이다. 죽은 줄로만 알았던 허마이어니의 생환이 리언티즈에게 구원과 평화를 가져다주는 『겨울 이야기』의 환상적 결말은, 현실에서는 "남은 인생을 후회하며" 살았다고 고백하는 윌킨스가 매달리고 싶은 덧없는 희망이다. 허마이어니가 살아 돌아오는 장면이 가장 좋았다고, "분명" 살아온다고 우기는 윌킨스에게 극중 프랭클린은 조각상이 살아나는 것은 리언티즈의 희망이 투사된 것뿐이라고 담담히 말한다. 그래야 용서받을 수 있기 때문이라고.

1951년 1월 유난히 추웠던 런던의 겨울을 소환하며 『51번 사진』은 프랭클린과 윌킨스의 『겨울 이야기』를 "다시 시작"한다. 첫 장면에서 왓슨은 "또 시작"이냐고 질색을 한다. 아닌 게 아니라 현실의 왓슨은 51번 사진의 도용 논란이 제기된 이래로 해명과 변명을 수없이 반복해야 했다. 그가 원래 『정직한 짐(*Honest Jim*)』이라는 제목으로 썼다가 『이중나선』으로 바꾼 회고록의 출판도 그중 하나였지만 이 책은 논란을 더 키웠고 해명은 끝나지 않았다. 『이중나선』을 출판하기로 돼 있던 하버드 대학 출판부에 프랭클린에 대한 심각한 왜곡을 문제 삼아 결국 하버드에서의 출판은 백지화시켰던 윌킨스와 크릭이, 극중에서도 왓슨의 반대에도 불구하고 이야기를 "다시 시작"하기로 한다. 그 후로도 윌킨스는 여러 번 "다시 시작"하고자 시도한다. 예를 들어, 첫 만남 이후 프랭클린과의 관계가 순탄치 않자 윌킨스가 소개부터 다시 하자고 제안하여, 둘은 실제로 자기소개부터 다시 시작한다. 그러나 자신을 "로절린드 프랭클린 박사"라고 소개하는 프랭클린을 윌킨스가 처음과 마찬가지로 "프랭클린 양"이라고 부르는 순간, 프랭클린은 "시간낭비"라며 돌아선다. 돌아서면서도 프랭클린은 소개부터 다시 하고 싶으면 언제든 찾아와 다시 하라고 말한다. 윌킨스가 이번엔 초콜릿 상자를 들고 나타나 또 다시 시작하자고 청하다가 면박을 당하는 장면에서, 그가 "프랭클린 박사"라는 호명의 의미를 인지/인정하리라는 기대는 최종적으로 사라진다. 마지막 장면에서 윌킨스가 "처음부터" 또 다시 시작하자고 할 때는 이미 너무 늦어져 버렸다.

윌킨스가 간절하게 상상하듯, 만약 그날 두 사람이 함께 연극을 보고 얘기를 나눴더라면 어땠을까? 만약 프랭클린의 첫 출근 날 윌킨스가 남성전용 교수식당으로 혼자 가지 않고 프랭클린과 다른 식당으로 함께 갔다면 어땠을까? 만약 처음부터가 아니라면 뒤늦게라도 윌킨스가 "프랭클린 박사"라고 불렀다면 어땠을까? 이 외에도 이 작품의 마지막 장면은 "만약"으로 시작하는 수많은 질문들로 이어진다. 윌킨스를 제외한 등장인물 모두가 저마다의 입장에서 프랭클린에 관해 "만약"으로 시작하는 질문을 던진다. 왓슨은 프랭클린이 "더 나은 과학자였더라면"이라고 비아냥거리고, 이어서 돈 캐스퍼는 "조금 더 무모하고, 모델을 만들고, 확실한 증거 없이도 밀고 나갔더라면"이라고 반문한다. "더 나은 과학자"가 과연 무엇이냐는 듯이. 프랭클린이 "다른 시대에 태어났더라면," "남자로 태어났더라면." 그들과는 달리 윌킨스의 만약은 다시 『겨울 이야기』를 "같이" 볼 수도 있었던 그날로 돌아가고자 한다.

『51번 사진』에서 윌킨스가 계속 해서 되돌아가고 싶어 하는 순간은 왓슨 말처럼 노벨상을 탔던 인생 "최고의 순간"도 아니고, 문제의 사진을 왓슨에게 생각 없이 보여줬던 순간도 아니다. (매독스에 따르면, 카벤디쉬 연구소가 왓슨과 크릭에게 연구 중단을 지시한 뒤였으므로 윌킨스는 그들이 DNA 연구를 계속하고 있는지 몰랐을 가능성이 크다고 한다. 왓슨이 사적으로도 말하지 않았는지는 알 수 없다.) 왓슨이 말하는 윌킨스 "일생 최대의 실수," 즉 나폴리 학회에서 처음 만난 왓슨이 DNA 연구팀에 끼고 싶다고 한 부탁을 거절한 순간도 아니다. 이에 대해서 윌킨스는, 사람들도 그가 나폴리에서의 선택을 "최대의 실수"로 생각하겠지만 그렇지 않다고 말한다. 만약 거절하지 않았다면 "생명의 비밀" 발견자가 왓슨과 크릭 듀오가 아니라 "우리" 두 사람이 됐을지도 모른다는 상상을 해보기도 하지만, 최소한 극중에서는 그를 끝없이 재소환하는 기억은 그날이 아니다. 이 극에서 윌킨스의 "최대의 실수"는 왓슨을 킹즈 칼리지에 영입하지 않은 것도, 프랭클린에게 알리지 않고 51번 사진을 왓슨에게 보여준 것도 아니다. 사이가 서먹했던 새 동료를 우연히 극장에서 보았을 때, 돌아서지 않고 다가가서 인사를 나누고 "같이" 연극을 보았더라면, 첫 날의 실수와 그 후로 이어진 오해를 바로잡고 서로 존중하는 동료 관계로 다시 출발할 수도 있었을 텐데 그러지 못했다. 문맥상 윌킨스가 말하는 "우리"는 왓슨과 자기 자신이지만, 생명의 비밀 발견자가 달라졌다면 그것은 왓슨과 윌킨스가 아니라 프랭클린과 윌킨스였을 것이다. 그러나 그러지 못했다. 실수를 바로잡을 수 있는 기회를 놓아버린 그 순간이 극의 마지막까지 윌킨스를 붙잡는다.

극중에서 윌킨스는 프랭클린이 암에 걸린 것을 알고 난 후 편지를 쓴다. "프랭클린 양에게. 아니. 로절린드에게. 아니. 프랭클린 박사에게." 그는 이때 처음으로 프랭클린을 "박사"라고 부른다. 호명은 이 극에서 동료 간의 관계를 보여주는 핵심 장치이다. 프랭클린의 직접, 간접적 요청에도 불구하고 윌킨스는 굳이 "프랭클린 양"이라는 호칭을 고집할뿐더러, 심지어는 고슬링까지도 종종 지도교수를 "프랭클린 양"이라고 부른다. 이에 반해, 프랭클린은 돈 캐스퍼가 박사 학위를 받자마자 "캐스퍼 씨"에서 "캐스퍼 박사"로 바꿔 부르며 대등한 동료로 받아들인다. 윌킨스가 "박사"라고 부르기를 고집스럽게 거부했기 때문에 정당한 호명이 두 사람 관계의 걸림돌이 되지만 실은 프랭클린이 "박사"라는 호칭 자체에 집착한 것이 아니다. 크릭의 집에 모두가 초대받아 갔을 때 캐스퍼가 프랭클린을 "로지"라고 부르자 윌킨스는 깜짝 놀라지만 정작 프랭클린은 괜찮다고 말한다. 중요한 것은 동료에게 존중받고 있다는 믿음이고, 윌킨스, 왓슨, 크릭은 프랭클린에게 그것을 주지 못했고 주려고 하지 않았다. 이름의 중요성에 관한 극적 아이러니의 순간은 뜻밖에도 윌킨스의 대사에 들어 있다. 프랭클린과 『겨울 이야기』 중 안티고너스의 꿈 장면 이야기를 나누던 중에 그는 "잃어버린 아이"라는 뜻의 퍼디타라는 "이름이 그 아이를 살리는" 것이라 말한다. 윌킨스 자신은 모르고 있고 그래서 극적 아이러니이자 복선이지만, "프랭클린 박사"라는 이름 하나가 모든 것을 바꿀 수 있었다. (참고로, 이 번역의 원본인 2015년 개정판은 2011년 초판과 달리 지문의 인물명을 모두 성으로 바꾸면서 프랭클린만 로절린드로 그대로 두었다. '왓슨과 크릭'이라는 성이 워낙 친숙해서 바꾼 것으로 추측하지만, 무대 공연에서는 드러나지 않는 부분이라 해도 작품 주제를 생각하면 섬세하지 못한 결정이다.)

프랭클린에게도 마지막 기회는 있었다. 1953년 2월 23일 밤, 늦게까지 남아 51번 사진을 들여다보던 프랭클린이 드디어 A형과 B형 DNA

모두 나선형이라는 결론에 이른다. 이때 윌킨스가 들어와 "둘이 같이 얘기하면" 도움이 될 수 있을 거라고 제안하고, 무대 위는 한순간 정지화면이 된 듯 멈춘다. 고즐링의 방백대로 "인생을 바꿔 놓을 수도 있었을 여러 가능성들"이 무대 위를 감돈다. 잠시 후 프랭클린이 일어나 그만 가보겠다고 나오면서 여러 가능성들 중 "오직 한 가능성만 남게" 된다. 프랭클린의 동의 없이 윌킨스를 통해 51번 사진을 보고 확신을 얻은 왓슨과 크릭이 DNA 모델을 완성해서 1953년 4월 25일 『네이처』지에 역사적 논문을 발표하고 생명의 비밀 발견자로 영원히 이름을 남기게 되는 가능성만이 남는 것이다. 왓슨과 크릭보다 먼저 DNA 구조를 발견하지 못한 것이 프랭클린의 가장 큰 회한은 아니다. 어려서부터 "사물의 형태"를 좋아하던 그녀가 그것을 직접 "볼 수 있었으면 좋았을 텐데" 그러지 못했고, 그 책임은 윌킨스에게만 있는 것은 아니다.

과학은 "세상에서 가장 외로운 길"이라고 윌킨스가 말한다. 물론 과학만 그런 것은 아니지만 연극 『51번 사진』은 세상에서 가장 외로웠던 두 과학자에 관한 이야기이다. 그렇지 않을 수 있었던 많은 기회와 가능성들에도 불구하고 말이다. 프랭클린은 킹즈 칼리지에 오기 전 프랑스 국립 화학 중앙연구소에서도, 킹즈 칼리지에서 옮겨간 버크벡 칼리지에서도 동료들과 유쾌하게 어울리며 뛰어난 연구 성과를 냈다. 윌킨스도 고즐링 말마따나 다소 딱딱한 성격이긴 해도 말수 적고 예의바른 보통의 영국인 학자였고 크릭 같은 동료와는 허물없이 지냈다. 그런데도 두 사람이 제대로 된 동료 관계를 가지지 못한 것은 무엇보다 프랭클린이 여성이었고 윌킨스는 그 여성 동료를 어떻게 존중하며 받아들일지 알지 못했던 탓이 가장 크다. "친절"이 아니라 존중으로 대했어야 한다는 사실을 윌킨스는 너무 늦게야 깨닫는다.

다시 프랭클린과 윌킨스가 각자의 외로움에 갇혀 연구하던 킹즈 칼리지로 돌아가보자. 명예의 벽에서 이어지는 건물의 유리창에 윌킨스가 남긴 말이 크게 새겨져 있다. "DNA 이중나선 구조 발견의 이야기는 과학 연구에서 마음을 연 태도의 필요성을 분명하게 보여준다." 윌킨스가 언제 어떤 자리에서 이 말을 했는지 알 수 없으므로 프랭클린을 비난하는 말이었는지 뒤늦게 자신을 책망하는 말이었는지 아니면 또 다른 맥락이었는지는 알 수 없다. 더없이 맞는 말인 동시에, 두 사람의 불행했던 관계를 생각하면 아이러니컬하기도 하다. 어쨌든 1962년 노벨상 수상 연설에서 윌킨스는 고인이 된 프랭클린의 결정적 공헌을 언급했고 왓슨과 크릭은 프랭클린의 이름조차 거론하지 않았다. (그리고 왓슨은 그렇게 받은 노벨상 메달을 2014년 뉴욕의 크리스티 경매에서 팔았다. 그 배경에 대해서는 이 자리에서 논하지 않겠다.)

아이작 뉴턴은 "거인의 어깨에 올라앉은 소인" 비유를 들어 선대의 업적을 이어받아 발전하는 과학 연구의 의미를 설명했고, 이조차 옛 문헌으로부터 전해 내려온 비유였다. 연극 『51번 사진』은 과학 연구자에게 "거인의 어깨"뿐만 아니라 '동료의 어깨'의 의미를 일깨운다. 동료의 어깨와 늘 부딪쳐야 하고 때로는 밀치고 나가야 할 때도 있지만, 동료의 어깨에 기대야 할 때가 더 많다. 그 동료가 여성이든 유태인이든 백인이든 "다크 레이디"이든 또는 과학기술의 세계 공용어인 영어에 서툰 한국인이든 상관이 없다. 광주과학기술원에서 학부생들을 가르치는 문학 전공자인 내게 이 연극을 처음으로 소개해주고 전문용어에 대한 질문에 흔쾌히 시간을 내어 답해준 화학자 박진주 교수도 내게 어깨를 내주는 동료이고, 그 외에도 내게는 고마운 남녀 동료 교수들이 많다. 우리가 가르치는 학생들은 학부생 기준으로는 대략 다섯에 한 명 정도가 여학생에 나머지 넷은 남학생이고, 대학원으로 올라가면 성별 불균형은 더 커지고 외국인 학생이라는 또 다른 소수 그룹이 있다. 성별이나 국적은 눈에 보이는 차이일 뿐 눈에 보이지 않는 다른 차이도 많을 것이다. 그게 무엇이든, 그들이 서로 존중하는 동료가 되기를 바라고, 아마도 이 책의 출판을 지원해준 GIST PRESS와 학교 당국도 같은 마음일 것이라 생각하며 새삼 감사드린다.

지은이_애너 지글러 Anna Ziegler

미국 뉴욕 출신의 극작가. 예일 대학교에서 영문학을 전공하고 뉴욕 대학교에서 극작 전공으로 예술석사(MFA) 학위를 받았다. 2007년 연극 『생명과학』으로 데뷔한 후 2008년 『51번 사진』으로 제3회 스테이지 국제 희곡 경연대회에서 우승했다. 같은 해 뉴욕 초연 이후 미국 주요 도시에서 상연된 『51번 사진』은 2015년 런던의 노엘 카워드 극장 공연으로 2016년 왓츠온 스테이지(What's On Stage) 신작상을 받았다. 최근 오베론 출판사에서 『51번 사진』을 포함하여 지글러의 대표 희곡 4편을 수록한 『희곡집, 하나(*Plays One*)』를 출판했다.

옮긴이_이시연

광주과학기술원 기초교육학부 영문학 교수. 서울대학교 영어영문학과와 동 대학원에서 학사와 석사 학위를 받고 영국 에든버러 대학교에서 영문학 박사 학위를 받았다. 18세기 영문학 분야에서 다수의 논문을 발표하였고 최근에는 초기 근대 문학 지식인들의 자연철학 논쟁 관련 쟁점들로 연구 주제를 넓히고 있다.

51번 사진
Photograph 51

초 판 인 쇄 2019년 3월 22일
초 판 발 행 2019년 3월 29일

저 자 애너 지글러(Anna Ziegler)
역 자 이시연
발 행 인 김기선
발 행 처 GIST PRESS

등 록 번 호 제2013-000021호
주 소 광주광역시 북구 첨단과기로 123, 행정동 207호(오룡동)
대 표 전 화 062-715-2960
팩 스 번 호 062-715-2969
홈 페 이 지 https://press.gist.ac.kr/
인쇄 및 보급처 도서출판 씨아이알(Tel. 02-2275-8603)

I S B N 979-11-964243-4-3 (03840)
정 가 8,000원

이 도서의 국립중앙도서관 출판시도서목록(CIP)은 서지정보유통지원시스템 홈페이지(http://seoji.nl.go.kr)와 국가자료공동목록시스템(http://www.nl.go.kr/kolisnet)에서 이용하실 수 있습니다.
(CIP제어번호: CIP2019004617)